U0458778

小说家的散文

蒋　韵　著

青　梅

河南文艺出版社
· 郑州 ·

作者简介

　　蒋韵,作家,1954 年 3 月生于山西太原,河南开封人氏。1979 年开始发表小说,主要作品有长篇小说《栎树的囚徒》《我的内陆》《隐秘盛开》《闪烁在你的枝头》《行走的年代》等,中短篇小说《心爱的树》《想象一个歌手》《完美的旅行》《朗霞的西街》《晚祷》《水岸云庐》等。曾获鲁迅文学奖、赵树理文学奖、老舍文学奖等多种奖项,亦有作品被译为英、法、日、韩等文字在海外发表或出版。

目录

辑二

辑三

4

辑四

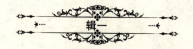

辑一

豆蔻年华的微笑

——我的备忘录

一

　　我妈的姥姥我自然没有见过，但我知道她是个疯子。从前，当我妈妈还健康的时候，偶尔会给我们讲她姥姥的逸事。我妈从小在天津长大，十二岁那年，日本人打进了天津租界，他们一路奔逃回到了故乡河南，就是在那里她第一次见到了自己的姥姥。那时，她姥姥已经是个病人了，身处在一个谁也走不进去的世界里，所以，她们彼此不亲。

　　我妈的姥姥家，在孟津，那是一个我至今还没去过的地方。孟津在黄河边上，有著名的古津渡口。当年，周武王伐纣，相传就是在这里会盟诸侯并从此处渡过了滔滔黄河，所以，孟津又名"盟津"。后来人们叫讹了，"盟津"就成了现在的孟津。我十二岁的妈妈,从一个花花世界来到这古朴的河边,还不会发思古之幽情,她学会了爬树,她和家乡的表兄弟们一起,爬到桑树上吃成熟的桑葚,桑葚饱满清香的汁液,把她的嘴染成了黑紫色。

在我妈的描述中,她的姥姥家——孟津某个村庄,就像是一个世外桃源。战火暂时还没有烧到这里,给了一个逃亡的孩子喘息的时间。这里的一切都是陌生的,从住的房屋,到土地里生长的东西,到那些她从没见过的油灯盏、纺车、织布机、磨坊,让她感到了一种新鲜的生机和仁慈的安宁。也许,我妈骨子里是一个自然之子,所以她很快活,而比她小两岁的妹妹,则愁眉不展。

我妈的姥姥家,姓王,是当地的大户人家,她姥爷是一个乡绅,同时也是一名通岐黄之术的中医。她有众多的姨和舅舅,有亲的,也有表的。尽管在我妈他们一家到来时,许多的姨和舅舅已经离开家乡各奔前程,但王家的大宅院里仍旧人丁兴旺,一群表兄弟表姐妹让她一时难以分辨他们到底是谁的儿女。我妈的姥爷,虽然是个乡绅,人却很开明,当年是他亲自把我姥姥也就是他最疼爱的女儿,第一个送进了城里的新学堂——简易女师读书。我姥姥幼年,女人们还兴裹脚,我姥姥的母亲,自然也是要给女儿裹脚的,只是,每每她刚大汗淋漓地给女儿裹紧,人一转身,我姥姥就爬下炕,一路爬到前院她父亲的厅堂,去找解放她的救星。就这样,一个裹,一个放,我姥姥的脚,自然不会是三寸金莲,却也永远地失去了天足的模样。

王家大院是个什么样的格局，我不知道，我不记得我妈具体地描述过它，只知道它很大，大到足以让一个孩子在里面迷失。可它是亲切的，辽阔而亲切，一点也不阴郁，所以它才可能成为我妈整个童年时代心灵上的"后花园"。——它当然应该有一个真正的后园，里面有水井，有各种果木，有榆槐和桑树，四季飘香。在这个乐园里，孩子们自由而快乐，只是偶尔，会听到有人大喊一声，"婆来了——"顿时，大家四散奔逃，也不辨真假。

婆，就是我妈的姥姥了，那时，她早已是病入膏肓，通岐黄之术的丈夫也束手无策无力回天。女儿还有媳妇们轮流看护她，她的意识沉入了黑暗混沌之中，但身体仍是强健的，腿脚利落，所以，她常常会出其不意乘人不备地出现在家里的任何地方，如同幽灵。有时，她也会边走边哼唱小曲，比如，"花花嗒嗒真好看……"听上去莫名其妙，什么东西花花嗒嗒真好看呢？没有人能够知道。我少女的妈妈却奇怪地记住了这一句，在后来的日子里，她常常向我们描述这一场景，那个疯姥姥，穿着绣花鞋，扭着，撒着裤腿，穿着怪异的衣服，唱着奇怪的小曲："花花嗒嗒真好看……"就这样从母亲童年的花园向我们后辈走来。还有就是另一个场景，这个疯老妇，她一发怒，力大无穷，一把锄头居然能从她的手里飞出去，孩子们吓得惊声尖叫……这就是我的太姥姥留给我的全部印象。

从前，妈妈给我们讲述这一切的时候，我们没心没肺边听边

5

笑，就像听一个和自己毫无关系的故事。后来，也不过是多了些好奇心，懂得了追问，她为什么会疯呢？说起来竟有一点戏剧性。原来，我太姥姥的一个儿子，也就是我妈的舅舅，曾经把她从家乡孟津接到了开封城里小住，这个儿子，那时正做着民国的官，是那个中原省份的教育厅厅长，有一天，有人给厅长家老太太送来了电影票，两张。电影，在那个年代那个内陆小城应该算是时髦的娱乐。但是那一天，我太姥姥身体有恙，又舍不得那两张票，就把票送给了邻居家母女。不想，就在那一天，这家电影院由于烧着了胶片从而导致了一场熊熊大火，那对邻家母女，竟双双葬身火海……于是，我太姥姥疯了。

据说，我太姥姥原本一点也不想去儿子家住的，她喜欢家乡宽敞的场院，喜欢闻庄稼的清香，喜欢织布机，喜欢坐在织布机前织出花纹别致、手感绵密敦实的土布，喜欢打理这个人口众多却井然有序的大家庭，也喜欢帮助丈夫翻晒那些从山里挖回来的草药，喜欢手上、衣襟上被草药熏染出好闻的草药香。她问做官的儿子："我去你那儿能做什么呢？"儿子说："娘，你什么也不用做，你该享享清福了。"做娘的只好成全儿子的一片孝心，于是，跟他进城，走上了一条不归路。

后来，我学医的母亲分析说，当年惨剧发生时，应该正是我太姥姥的更年期，更年期症候群本来就有可能导致女性精神分裂，更何况突然遭此惨祸，强烈的内疚、自责、后悔压垮了这个善良的女人，从此，她坠入了万劫不复的黑暗。

二

我女儿上初中时，有一个非常要好的朋友，小名叫航航，常常，女儿回家来，在饭桌上，给我们讲关于航航爷爷的故事。比如，有一天深夜，爷爷推醒了睡在他身边的老伴，也就是航航的奶奶，礼貌却困惑地问道："同志，请问你是谁?"

我们笑得几乎喷饭。

又或者，他在对讲机里跟自己的孙女通了话，并打开了防盗门，然后对家里人说："刚才楼下有个人叫我爷爷，她说她叫航航，也不知道是谁家的孩子……"

诸如此类。

很长一段时间，航航爷爷的"逸事"，就像我家餐桌上的佐餐品，那时候，我一点也不能体会，这个老人，这个爷爷，他在日益临近的黑暗中，在这种抹杀一切生命痕迹的黑暗渐渐到来的时刻，那种束手待毙的绝望和恐惧。

有时，我们笑得太没心没肺的时候，我母亲会这样对我女儿说："宝贝儿，别笑人家，也许有一天，姥姥也变成那样了呢!"听到这话，我们这些人就会毫不犹豫地说道："怎么可能? 你怎么可能变成那样? 别瞎说!"好像我们和上帝有约似的。

这个时候我母亲就会搬出她姥姥来，说道："这事可说不好，不说别的，我遗传不好，我姥姥就是个疯子。"

"那怎么能一样？那是意外打击下的精神分裂，这是老年痴呆！"我们言之凿凿。

"病不一样，可结果差不多。"母亲这样回答。

是的，同样的黑暗，同样的深渊，无论用什么名称给那黑暗命名，老年痴呆、失智患者、阿尔兹海默症或者精神分裂……都丝毫不能改变那黑暗的残忍。

2009年春节，我们全家在北京团聚，有一天，热热闹闹一家人坐在一辆商务车上出行，我弟弟充当司机，妈妈突然扯扯我的衣袖，小声问道："坐在你弟弟旁边的那个孩子是谁呀？"

我一下子愣住了，手脚冰凉。

那是我弟弟的孩子，她嫡亲的、唯一的孙女。

就跟闹着玩儿似的，不幸就这样降临了，黑暗的大幕悄悄拉开了，只不过，我还不能完全知道它的厉害，并且心存着侥幸：也许，那只是一时的糊涂而已。我的妈妈，是那种非常聪明、聪慧、能干的女人，她的职业是眼科医生，从小我就知道，她的眼科手术做得非常漂亮，在我们的城市颇有口碑，是业界有名的一名专家。不仅如此，她"上得厅堂，下得厨房"，巧手慧心，会织特别美丽的毛衣，会做菜……我女儿出生后仅二十八天，她就把我们母女接回了娘家，从此，我女儿就再也没离开过姥姥家，直到她十八岁出国读书。一直以来，妈妈就是我的依靠，就是我的主心骨。我的女儿小时候身体孱弱，常常生病，夜里发烧，永远都是妈妈和我一起，守护在女儿身边，给她用酒精擦身体降温，喂她吃药。只有看到妈妈从容镇定、处变不惊的神情，才能让惊恐不已的我稍稍安心。也因为有妈妈精心的养育，我孱弱的、缺钙的、头发稀疏爱哭的小女儿，才能长成如今这样一个健康、明朗、高挑、漂亮的姑娘……

所以，我不能相信，我脚踩的那片大地，会塌陷。

我需要挺住。

但是，在上帝和命运面前，我输了。

起初，母亲只是记不住事情，同样的问话，隔一分钟重复一次，重复无穷遍。或者，坐在车上，望着车窗外的街景，不厌其烦地，读那些广告和招牌：中国工商银行、中国建设银行、交通银行、并东包子铺、肥牛火锅、万民药店、并州南路、女子现代医院、二号航站楼……那种单调的重复，简直能让旁边的人发疯。但是，不记得从哪一天开始，她突然不再发问也不再阅读了，她失去了发问和阅读的能力。

后来，我总是想，那时候，她努力地、聒噪地阅读那些招牌，是想拼命挣扎地抓住和这个世界最后的一点清晰的联系，还是用这样的方式，和这个清晰的、活色生香的世界做最后的、无奈而眷恋的告别？

如今的母亲,不会说,不会动,不会排泄,瘦得只剩下一把骨头,躺在那种特制的床上,插着尿管,只能吃流食,用婴儿的奶瓶喝水。她变得非常非常安静,有时,她用奶瓶喝水的样子,像极了一个婴儿,眼神无邪而清澈,里面空无所有。我往往俯身望着这个专心致志吸吮着奶嘴、婴儿似的母亲,不知不觉,泪水夺眶而出。

在相当长的一段时间里,母亲的病态,会使我愤怒。我常常抑制不住这种愤怒而突如其来地爆发。那一年,2011年除夕,我们在父母的家里过节,那是一栋上世纪80年代末期的旧建筑,电线老化,由于我们使用电火锅引起跳闸。我丈夫起身去检查电路,这时,手脚尚还利落的母亲禁不住像个孩子似的弯腰去触摸地上刚刚爆过火花的电插板,我们惊声大叫,拦住了她。不想,我才转身,她却又弯腰朝那插板伸出了手去,嘴里愤愤地说:"我偏要摸!"一下子,我崩溃了,跳起来,冲着她一顿大吼大叫,浑身因为激动而颤抖。母亲也同样激动不已,父亲把挣扎扭动的她紧紧搂在怀里,嘴里叫着我的小名,说:"妈妈是想帮忙啊,妈妈是想帮忙……"听到这句话,我号啕大哭。

这个除夕,就这样被我毁了。

因为,我恐惧。

是的,这是一桩我无论怎样也不能接受的事情,我不能接受这样一个被这种残酷的病痛所剥夺、侵略、征服的母亲,我害怕,因为我知道我无能为力。人无能为力。无论我怎样祈祷、怎样努力、怎样挣扎，我聪慧的、心灵手巧的、尊严的、洁净的母亲，最终将会以最羞耻和不堪的形态，与我面对。

有一天，在母亲的病床前，女儿忽然问我："妈妈，姥姥给你讲过她初恋的故事吗？"

我摇摇头，心里一阵恍惚。

故事其实是简单的，就像大多情窦初开的小儿女们所经历的那样，以为那是开天辟地以来最新鲜的情感。母亲的初恋，发生在她家乡省份的那座著名古城中，黄河日夜悬流在那古城的边上。那时，母亲仅仅是一个初中生，十三四岁，正是豆蔻年华，喜欢上了一个英俊的男孩。她大胆地给男孩写了一封信，让自己的妹妹等在男孩回家的路上，把那封信交给了人家。第二天，男孩也写了一封信，以同样的方式把信交给了我母亲。就这样，他们鱼雁传书；而妹妹，则做了那个信使。终于，有一天，男孩勇敢地去我母亲的学校找我母亲了，那是一所女校，一群女孩唧唧咕咕笑着偷看那男孩，而我母亲，则躲在了楼上，死活不肯下来。男孩失望地走了，从此再没有出现……

"我不是不愿意见他，那么多人，我是不好意思啊！"母亲笑着，这样对我女儿、她曾经最亲如今却已不再认识的外孙女说。

女儿告诉了我这句话，我好像看到了母亲当年说这句话时，那温暖的仍旧有些羞涩的笑容。

豆蔻年华的少女,嘴唇被桑葚染成了紫色,怀揣了如此美丽的心事,在母亲生命的另一边,在流沙滚滚的黄河岸,与我遥遥相望。

妈妈,我替你记忆这一切。

直到我的记忆死亡。

2013 年 3 月 5 日于京郊东方太阳城

姑姑的礼物

双节假期,回太原家里为我父亲庆寿。按农历的纪年方式,父亲今年九十岁了。虽然我母亲这些年重病在身,且陷落在重症监护室里已有数月,但,人生能有几个九十岁? 所以,我们还是为父亲张罗了一个小规模的寿宴和亲人的聚会。

小姑姑一家就是从唐山来为她的二哥庆寿的。

小姑姑每次来探亲,大包小包,永远是一大堆的礼物。这次也不例外,带了渤海湾的各种海产品,还有极新鲜的河蟹。蒸蟹的过程中,有只蟹居然顶起了笼盖胜利出逃,可见其鲜活茁壮。除此之外,另有一包东西,打开来,是两本书,旧书。一本是上世纪三四十年代出版的"沙漠丛书"中的一册,掉了封面,名字不详;另一本,则是凌叔华的小说集《花之寺》,新月书店出版,版权页上印着出版日期是 1928 年。也就是说,它和我父亲同庚,按农历的纪年方式,九十岁了。

打开封面，扉页上有钢笔的字迹，大概是购书的日期：1944年3月28日。书的主人，是我父亲和姑姑的大哥，也就是我的大伯父。

原来，小姑姑是带来了他们的同胞兄弟，来参加这个亲人们的团聚。

我大伯父，是我们家一个近似传说的存在。我和弟弟很小的时候就听说过这样的故事：大伯父当年在北京读书，学医，毕业后做了医生。可是没多久，却突发疾病，亡故于北京。那是抗战胜利后，上世纪40年代下半叶的事。没人敢把这样的噩耗，这样的晴天霹雳，告诉我的祖母。于是，全家人合力，共同欺骗着这个失去了长子的母亲。好在，祖母目不识丁，所以，她一如既往地、如常地，在念叨儿子的时候，在牵挂思念的时候，总会接到一封伯父的来信。姑姑叔叔们，把这封虚构的远方来信一字一句读给母亲听，在信中，他们编织着各种平安、健康、美好的谎言。正值内战期间，一个人，久久不归只有问安的书信并非一件不能解释的事情。就这样，瞒了不知多久，直到我的祖父去世，身为长子的伯父不能前来奔丧，方才真相大白。

祖母的天塌了。

幼小时，听家人们讲这些陈年旧事，我和弟弟就像是在听一段遥远的故事，毫不知轻重。我俩问祖母："奶奶你怎么这么傻啊？"祖母不言不语。祖母的伤心、难过从不在脸上，我们看不见，就以为没有。几乎从没有听祖母提起过伯父,家里也看不见一张这个亡人的照片。直到我十四岁那年夏天,祖母和我们姐弟要乘火车去唐山探望小姑姑,在北京中转逗留,临行前一天,我在家里一个放杂物的小螺钿匣子里找东西,突然看见一张小照片,是那种证件照,照片上的人我不认识,弟弟也不认识。拿给父亲看,父亲说:"咦?这张照片怎么会在那里?"原来,这个人就是大伯父。年轻英俊的大伯父,传说中的大伯父,就这样,匪夷所思地,和我见面了。没人知道他是怎么来到那小小的匣子里的,那原本是一个家人常常翻弄的匣子。那天晚上,熄灯后,祖母在黑暗中说了一句:"他是知道我要到北京去了……"

也许,就在那时,我突然感觉到了,这个亡人,是一个亲人。

直到今天,我们也始终不知道,伯父究竟葬在哪里。曾经问过父亲,在他尚还是壮硕、清醒的盛年。父亲竟也说不清。当年的一切,已经没人说得清了。比如,伯父究竟死于何病?比如,家族中谁去北京料理了他的后事?又或者,正值内战,根本就没人能去千里之外的异地为他送行?起初,为了隐瞒祖母,大家闭口不谈这些细节,而后来,了解这一切的人,一个一个都走了,离开了这个世界,于是,伯父的死,就成了一个谜。这些年,每到清明,我和丈夫的家人一起,去八宝山给我的公公婆婆扫墓时,我会有一种深深的悲凉,我想,从来,从来没有一个人,七十年来没有一个亲人,去为我的大伯上过坟。孤魂野鬼,说的大概就是他了吧?

大伯去世时，小姑姑尚还是一个稚龄的女孩，四五岁光景，但在所有的兄弟姐妹中，她和这个大哥最亲。一个是长兄，一个是幼妹，两人相差近二十岁，大哥对她，有一种宠溺的爱。这个大哥，原本是整个家族的骄傲，这个家族，在中原古城开封，创建了第一家西医院，在北京读医科的大伯，无疑是家族长辈寄予了厚望的第一人，也是弟妹们尊敬的人。可他对小姑姑这个天真烂漫的幼妹，百依百顺，放假回家，妹妹让他讲故事，他就讲故事，让他吹口琴，他就吹口琴，让他扎小辫，他就给她笨手笨脚地扎。开学了，妹妹说："大哥，你别走。"这个他没有依她，他走了，再也没有回来。

起初，她不知道发生了什么。后来，知道了。为了不让我祖母触景伤情，家里人偷偷烧掉了这个亡人的照片、衣物。但总有漏网之鱼，比如，那张躲在螺钿匣子里的小照；比如，在几十年后会和我相遇的那两本旧书。这书，是我姑姑的宝。她一直珍藏着它，搬家、迁徙，从中原到黄土高原，从黄土高原到渤海之滨，不离不弃。1966年破"四旧"，在惶恐中，目不识丁的祖母把家里的旧书偷偷付之一炬，而这两本书，被我姑姑悄悄地藏在了她睡觉的枕头套里，她枕着它们，枕着她大哥最后的痕迹，最后的遗留——这是她亲爱的大哥在这个世界上存在过的唯一证据。

后来姑姑分配工作，离开我祖母离开家，去往唐山，做了一名高炉前的炼钢工人。她学冶金，是她的兄弟姐妹、堂兄堂姐妹中唯一一个没有学医的人，似乎，她离她的长兄最远，可唯有她，保存着那证据：他的书，他留在扉页上的字迹。大地震到来时，她已是三个孩子的母亲，她从废墟堆里扒出了她的儿子，扒出了邻居，扒出了更远的邻居，大雨之中，她的十个手指鲜血淋漓。最终，有一天，她扒出了她的书，它们完好无损，她哭了。

从前，从唐山到太原，乘火车，天亮时，远远地会看到车窗外巍然挺立的双塔，那是太原的标志，看到它，就知道到家了。这一次，我姑姑一家给我父亲庆寿，仍然是坐了夜行的火车。天蒙蒙亮，我姑姑就趴在车窗上向外眺望。她望了很久，并没有看到当年的景色。她遗憾地在心里说了一句："大哥，抱歉，现在看不到双塔了。"

她和大哥一起回家。

2017 年 10 月 22 日于京郊如意小庐

又及：这篇小文章写完，给了《文汇报》。但我怎么也不会想到，文章还没发表，就传来了噩耗：小姑姑在一个早晨突发脑溢血住院。电话打来时，我正在乌镇，观看戏剧节的话剧。等我赶回唐山，姑姑在 ICU 病房里，早已深度昏迷，再也没有醒来。几天后，撒手而去。

表弟表妹们，依照当地习俗，在初冬的户外，搭灵棚祭奠，我将写好的悼文,在姑姑灵前焚化。字和纸灰飞烟灭之时,我知道,有太多的东西,都跟着姑姑去了。

2018 年 11 月 13 日

李笛安看《三国》

首先要说明,李笛安是一位"女士"。一般来说女士是不怎么喜欢看《三国》的。比如我,对《三国演义》的兴趣和热爱远逊于《红楼梦》。《红楼梦》我已经不知道看过几十遍了,而《三国演义》,满打满算通读过一遍,而且还是在二十几年前一切都很匮乏的时候。

《三国演义》是一本读了让人感到寒冷的书。所以我敬而远之。

但是最近不行了。因为那位李笛安女士对《三国演义》发生了极浓郁的兴趣,当然这是因为电视连续剧的缘故。于是,三国的故事和人物成了我们家饭桌上的重要话题。

比如刚刚过去的那个星期六,李笛安说:"今天该演'三气周瑜'了吧?"

我说是。

又一想，不对，星期六是没有《三国演义》的。于是，李笛安很欣慰地叹了口气说："这下周瑜可以多活一天了。"

当然周公瑾还是在第二天死了。我的女儿，十一岁的小学生李笛安很悲伤。而且她认定诸葛孔明也是悲伤的。柴桑口卧龙吊孝，孔明声泪俱下，痛不欲生。她说："你看，你看，我没说错吧？诸葛亮心里其实很难受，气死周瑜他是没办法，他一定特别矛盾，他和周瑜本来可以做朋友的。"

我没有纠正她。我没有纠正一个孩子温暖的揣测。我没有告诉她悲伤和叹惋的其实只是今人唐国强和导演蔡晓晴，还有那位改编者。我没有告诉她书上是怎么写的，没有给她指出孔明"见将星坠地，乃笑曰，'周瑜死矣'"。和"孔明亦大笑"这一类铁证如山的字眼。这诸葛早已不是那诸葛。不过，我没有说。也许，诸葛孔明当年是真的悲伤和叹惋，而不许他悲伤的只不过是那个叫作罗贯中的山西老乡罢了。

谁知道呢？

由于电视连续剧的缘故，李笛安百忙之中也偶尔翻一翻《三国演义》的原著（说百忙之中一点不过分，因为她今年六年级了，功课之紧可想而知）。只是，她关心和记住的东西往往是最让人意想不到的。

比如，仍旧是"卧龙吊孝"这一出，小乔领三个孩子一身重孝出场，李笛安问我："哪个是周循？哪个是周胤？"

20

我回答不出，赶紧翻原著，才知道周循、周胤原来是周瑜的儿子。

周循、周胤很是让李笛安生气，她说："你看他们两个，一点不伤心，无动于衷，好像死的不是他们家人似的。"

但是，当人家卧龙先生伏在灵前哀哀泣血，声情并茂念那篇祭文，并突然拉开一轴轴描绘周郎一生业绩的绘画时，泪眼模糊的李笛安发问了。

"哎，奇怪，孔明他是什么时候画的？哪天画的？路上画的吗？"

我当然不知道孔明是哪天画的，恐怕罗贯中也不知道，我想这得去问剧组的"道具"。

也有让我非常吃惊的时候。两军对垒，西凉马超在阵前高喊："闻汝军中有虎痴，在哪里？"许褚闻声，提刀拍马大叫："吾即许褚也！"长风阵阵，旌旗猎猎，李笛安突然说："这真让人感动。"

我为之动容。为她能有这样的体会。荡气回肠而英雄不在的凭吊之情像坠落的一轮夕阳。我握着她的手——我喜欢看电视的时候，把她的小手握在我手里，我想我的女儿差不多是批注点评了一部新《三国演义》。

我想起以前，她三四岁的时候，我教她背唐诗，背杜牧的"东风不与周郎便，铜雀春深锁二乔"，一边背，一边给她讲，赤壁之战啦,三国鼎立啦,等等,等等,女儿瞪着眼睛听,然后恍然大悟地对我说:"噢,我知道了,这说的是'文化大革命'。"

在那时的她眼里,它们一样久远,遥不可及。

1994 年 12 月 20 日于太原

家有如意

——如意语录片段

如意坐在妈妈的车里,望着窗外的车流。她喜欢车。常常,她会为对面驰过的一辆警车、一辆消防车,或者水泥搅拌车、工程抢险车而惊呼,就像通常人们看到了不可思议的美景一般。

有时,她会为许久看不到一辆救护车而着急,说:"怎么连辆救护车也不见?"于是,我们安慰她:"没有救护车是好事啊,证明没有人生急病。"对此,她很不以为然,她认为救护车就应该时时刻刻在街上跑着,就像巡逻的警车一样。忘了说,从两岁半开始,如意就有了一个人生理想——当一名急诊科医生。

有一个时期,如意最喜欢的一本书是《急救手册》。那是家里的阿姨在家政公司培训时的课本。她不厌其烦地让我给她讲里面的各种病例和急救常识。也会突然翻开书页,指着图片考问我:"姥姥,这是什么伤?烧伤还是割裂伤?"非常专业。她还希望我能给她买一台X光机,摆在她的玩具屋里。我告诉她,这个买

23

不了。她拿来我的手机，摆弄一阵，说："怎么买不了？下单吧。"当然我没办法给她下这样的单，只好把我的 X 光片拿出来给她欣赏。她很惊讶，说："姥姥你还有 X 光片啊！"顿时我的形象高大起来。她拿着我的片子，对着阳光，用小手指点着，说："看，姥姥，你脖子这里有很严重的问题，你不能总是低头看手机了。"我诺诺。当然，需要说明的是，她拿着的，是我的胸片。

那一刻，我总在想，要是她的太外公太外婆看到了，会多么高兴啊。我们这个医生世家，后继有人了。可失智的他们，正躺在不同医院的 ICU 病房里，被各种器械各种管子环绕，一点都不知道，这世界上，有如意这样一个蓬勃的生命、一个有可能继承他们传承的骨血的存在了。

这样的时候，心里会涌上来很深的悲凉。

如意最喜欢的，是电视，当然也包括爱派（iPad）和手机。别人家都会限制孩子看电视的时间，可到了如意这里，要想让她离开电视、爱派真是一件艰苦卓绝的工程。我是最先妥协的那一个。无论现代教育理论多么正确，但是，看到小小的孩子，在视频画面前那份专注和由衷的快乐，我实在不忍心。她世界里的快乐，并没有很多，试想，一个两岁半就开始上幼儿园接受"社会"教化的小童，她能拥有多少纯粹的快乐？

这天，在她妈妈的汽车里，她没有像往常一样看到她喜欢的车辆驰过就惊呼,她显得沉默。忽然,她问妈妈:"我们是在电视里吗?"

她妈妈一时没有明白,回答道:"我们不在电视里呀。"

如意想了想,告诉妈妈,说:"我们是在电视里。别人看我们,就是在看电视。我们说话,下面还有一行字。我们在别人的电视里。"

这匪夷所思的奇想,让她妈妈顿时肃然起敬。

暑假末尾,带如意去日本京都、大阪玩了几天。归来时,飞机呼啸着在首都机场降落。在跑道上滑行时,如意看到舷窗外熟悉的景致,诧异地说:"咦?我们怎么又回到过去了?"

她的时空观,好哲学啊!那是我们进不去的世界。也许,是我们忘掉的世界。此时,她四岁。

如意人生要面对的最大困境,是上幼儿园。那是她非常、非常不愿意去的地方。那几乎是她所有不快乐的根源。

起初,她把幼儿园叫作"欧园"。

每天早晨,都要为上"欧园"展开艰难的双边谈判。那谈判无休无止,永无尽头。她总是说:"给我请一百天假吧!"在她的概念里,一百这个数字,是极限,表示无穷。那些讲给小孩子听的道理,那些正能量的教诲,我们早已说得口干舌燥,却一无用处。没有办法,只好告诉她:"如果我们不让你去幼儿园,那么,妈妈、姥姥、姥爷，就犯法了。警察就要把我们都抓去坐牢了。知道吗？小孩子受教育，这是——法律。"如此耸人听闻，效果差强人意。因为怜悯，因为慈悲，她只好牺牲自己去拯救我们。去"欧园"的路上，她沉默不语。

有一天，她愤愤地对我说："姥姥，等我长大了，等你长小了，我就送你去欧园！天天都要送！你说，你愿意去吗？"

我惊讶，且不知道怎么回答。——长小！原来她这样理解生命，理解生命的秩序和循环，完全碾压我的智商。那时，她三岁。

我抱着如意在院子里漫步。

我们的小区，在郊外，离寸土寸金的城市很远，但环境清幽，拥有大片的林木和草地。自然，空气和天空，都要比喧嚣的城里干净一些。

如意还不很会说话，却特别喜欢发问。

"嗒嗒？"她随便指着一样东西这么说。意思就是：这是什么？

于是我告诉她："这是蒲公英。"

"嗒嗒？"她又指一样发问。

"这是树，白杨树。"我说。

"嗒嗒？"这一次，她抬头，指在了天上。

"哦，这是月亮。"我告诉她，顺口就哼出了几句歌词："明月几时有，把酒问青天。不知天上宫阙，今夕是何年……"

她听着，忽然在我怀中，非常陶醉地起舞，随着旋律，摇头晃脑，小胳膊一摆一摆地，舒张有致。我们俩，我歌，她舞，好默契。一旁走着的她妈妈，有点嫉妒地说："哼，活得好风雅！"

转天，在家里，傍晚，月亮升起来了，如意跑到我身边，隔着玻璃窗，指着树影之上的月亮，对我说："嗒嗒？"我明白了，说："这是月亮。"心里加了一句："苏东坡的月亮。"然后就又唱起来："明月几时有，把酒问青天。不知天上宫阙，今夕是何年……"

果然，她又跳起来。自由地、陶醉地、全身心地，伸胳膊动腿，摇头晃脑，恣情肆意。我莫名地感动。这望月起舞的小人儿，像某种小动物，浑身是原始的欢腾。

那时，她还没上"欧园"，她不满两岁。

如意是个性急的孩子。她在妈妈的肚子里，住得憋屈，于是，刚刚七个月，她就自作主张来到了人世。

比拇指姑娘大不了多少，和一只小猫崽差不多，三斤二两重。一落地，就被送进了保温箱里，一住就是一个多月。所以，她最初的世界，就是一个小小的玻璃箱。

一周，允许家人探视一次。所谓探视，是隔着玻璃窗，远远张望。一个大房间里，上百只保温箱，孩子们的位置还因为种种缘故随时变换，所以，在那一个月里，我根本不知道我们的孩子在哪儿。我只能茫然地在心里喊，说："如意，姥姥来了，姥姥在这儿看

27

你呢,你别害怕——"然后,就由大夫出面,告诉我们,孩子做了什么什么检查,发现了什么什么问题。那些问题,每一个,都足以把人吓个半死……好在,那些问题,最终没有成为事实。当孩子长到两千克也就是四斤时,她回家了。

曾经,她的妈妈,是个极其磨人的小婴儿。夜夜哭闹不休。就算白天睡觉,也必须睡在人的怀抱里。所以,我做好了充分的思想准备,准备接受另一个小恶魔。但,她却出乎意料地安静,静得让人不知所措。她几乎不哭。无论白天还是黑夜。有时,你以为她一定是睡着了,轻轻走到她的小床旁,却发现,她睁着大大的眼睛,在啃自己的小拳头。她安静得——让人心疼。想来,是她的人生经验,那孤独的保温箱告诉她,哭、喊、闹,一切求助,都没有用吧? 这个世界的难题,只能她独自去面对,和承受。

一个多月后,需要去医院复查眼睛。后来我们才知道,给新生儿做眼底检查,需要用器械把孩子的头固定到检查台上。那个过程,孩子一定十分恐怖。不知是什么原因,这家医院,做检查时,不允许家长在场。点名后,孩子们被护士一个个抱了进去,告知了各自接孩子的时间,然后,家长们就被驱散了。

她妈妈涨奶,需要到车里去处理。停车场很远。等我们在规定时间之前到达检查室外时,就听到了凄厉的哭声。护士抱出了一个哭到几乎气绝的孩子,一边叫着她妈妈的名字。我们愣住了,不相信那是她。从来,从来没听到她这样哭过,那么凄厉,那么绝望和愤怒，那么委屈和悲伤。那是大江大河般的绝望啊！她是以为我们这些亲人，抛弃她了吗？又一次把她扔进了孤独的绝境之中了吗？

我冲上前，接过了她。她紧绷着的小小身体颤抖不已，脸已经哭到青紫。我紧紧、紧紧抱住她，眼泪奔涌而出。我让她紧贴在我的胸口，一路疾行，边走边喊："如意，咱们回家！和姥姥一起回家！如意，咱们回家！和姥姥一起回家——"我穿行在医院里，穿行在人流中，哭泣着，毫不羞耻地这样喊叫。就像从前，很久的从前，我目不识丁的奶奶，像中国所有那些目不识丁的母亲，面向苍穹，高声地、虔敬地，呼喊召唤着自己的孩子被惊吓被折磨的魂灵。

带她回家。

那时，她不到三个月。

2018 年 11 月 16 日于京郊如意小庐

一个人的平遥

20 世纪 70 年代,不记得是 1974 年还是 1975 年,一个插队多年的朋友终于被分配到了平遥柴油机厂工作,我特地请了假去看望她。在那样一个枯燥而严峻的时代,年轻人之间这种交往,就像是在精神上互相取暖。

那是我第一次和古城平遥邂逅。

忘了柴油机厂的具体位置,只记得它就在城边上,从我朋友的宿舍窗口,一抬眼,就可以看到日后将闻名世界的高大城墙。它灰苍苍的,阴郁、荒寒、古老,有一种端庄的颓败和不合时宜的坚韧。枯黄的衰草在冬天的墙缝中随风摇曳,是时光之外的伤怀,也是这小城的底色。那一晚,就在这间看得见城墙的小屋里,我们喝廉价的、糖水似的葡萄酒,用柴油在煤油炉上煮饺子。古城买不到鲜肉,朋友打开一瓶珍藏多日的罐头红烧肉,剁碎了,再掺入胡萝卜和大葱做馅儿,竟是别开生面的香。一群人——朋友,还有朋友的朋友,大家都喝得过了量,又说又唱,唱邓映易编译的那本《外国名歌200首》上的俄罗斯歌曲、苏联歌曲:"茫茫大草原,路途多遥远",还有"为什么,我苦难的命运,送我到,西伯利亚……"

白天我们逛街,小小一座城,没什么可逛的,老式的街道,老式的铺面,卖一些必不可少的生活日用品,油、盐、黑酱、二面的饼和馒头、槽子糕,凭票证购买的色样单调的花布,从那些幽暗的铺面深处,飘散出古城特有的气味,一种年深日久的芜杂和诡秘的混浊,又清冷又温暖,又寂寥又热闹,奇怪地吸引你又拒绝你。古城地处晋中平原,汾河河谷的腹地,比山区要富庶,那里的人心,也比山区的人心要活络。这就是当年的我对这座古城的全部认识——年轻没有阅历的眼睛是看不懂两千岁的城池的。

夜晚,这座城日入而息,漆黑一片。这座史诗般的古城,如死一样寂静。它所有的历史,所有的往昔,所有的秘密,所有的辉煌和骄傲,都沉睡着,不为人知。但我朋友的那扇窗子亮着,像黑夜不安分的心。还是那样一群人,喝酒、唱歌,歌声让他们泪流满面。这群人来自四面八方,北京、天津、上海、省城太原,都曾做过知青,如今,古城收留了他们,可是,他们仅仅把这座小城当作了驿站。他们身穿"柴机"厂的工作衣,用厂里生产的柴油代替煤油烧饭,可是他们的心不在这个地方。有时,他们会爬上高高的荒凉的城墙,向远处眺望,无边的田野扑面而来,惆怅和忧伤扑面而来,携带着汾河的水腥。这座象征命运的城墙上,遗落了多少年轻生命的思绪和追索,如今,没有人能够知道了。

如今,平遥古城举世闻名,晋商和票号,幸存的城墙和明清建筑,已成为平遥的符号。这是全世界的平遥,每年,我几乎都要陪远道而来的朋友或客人登上高高的城楼。它一扫当年的苍凉,红灯高挂,旌旗招展,像一个穿上了盛装的新人。它尘封的历史和光荣,突然之间,变成了显学和家喻户晓的故事。城楼上,几门不知什么年代的古炮渲染着这座城池的天长地久,似乎,它是直接从古代一脚迈到了辉煌的今天。我找不到我朋友当年的那城墙的踪影,我找不到属于我朋友的古城和荒芜的岁月,我站在城头,寻找那扇窗户,曾经,有酒有歌的窗户,古城夜晚的歌哭,它在哪里呢? 我一片茫然。

1978 年,我朋友参加了高考,去了省城读书,从此离开了这座被她视为驿站的古城。此后多年,她一次次离去,她总是眺望远处,最后到了一个叫作杜伊斯堡的德国城市,一个更遥远更陌生的驿站。在 20 世纪 80 年代中叶,这几乎就是天边了,没有更远的地方了,她还能到哪里去呢?

据说,她死于一场急病,没有人能说清楚她是怎样发病怎样挣扎怎样弥留,她身边没有一个亲人,没有一个朋友,没有一个见证。她举目无亲。——这就是驿站的本质。在她离世多年之后,有一天,我看到了一幅画,画面上是深夜的一个街道,雪夜,只有寥落的一个夜行人和一扇亮着灯光的窗户。灯光投射在雪地上，那么孤寂，却又那么温暖，那么光明和诱人，像命运之光。我一下子想起了我朋友的古城，那扇不夜的窗子，盛满歌哭，也盛满朋友间相濡以沫的慰藉。我想，在那个杜伊斯堡，大概是没有这样一扇窗子、一片温暖和光明的灯光，在黑夜中诱惑着她一往无前投奔的。

两千多岁的古城，六百多岁的城墙，它们的仁慈和恩义，是不动声色的。在最黑的黑夜里，它们容留了一扇光明的小窗，一扇精神游子们相互取暖的小窗。其实，有这样一扇窗户的地方，还能称作"驿站"吗？

那才是我朋友的古城，也是我的。

2008 年 5 月 7 日于太原

我的美食地图

上海饭店

　　从前,在 20 世纪中叶,五六十年代,上海饭店是我们城市最高级的餐馆之一,用今天的话说,是一个高大上的地方。

　　记得上海饭店在柳巷钟楼街上,高门楼,门脸似乎并不大,但声名赫赫。底楼是大厅,楼上设有包间。它的来龙去脉,至今我也不清楚,好像真的是从上海迁来的一个馆子。至于它卖的是不是地道的上海菜,我就不知道了。

　　小时候,举家出门下馆子的盛况,几乎从来没有发生过。至少不记得和祖母出去吃过饭。有一年,应该是三年困难时期的事,我父亲在一本医学杂志上发表了一篇什么文章,得了一小笔稿费,有多少钱,不知道,但现在想来也不过就是几十块。于是,一个星期天,他带着我们姐弟俩出门了,先去看电影,电影散场后,他突然说:"爸爸请你们吃饭吧!"于是,就来到了上海饭店。

那是我第一次进这家餐馆,上二楼,进了一个小包房。至于吃的什么,早忘记了,只记得有小笼包子,因为太好吃,还因为它的小笼包子太有名。还有一个菜记得很清楚,是青椒肉片,不知为什么记住了这个毫无来头也毫不上海的菜品,很奇怪。三年困难时期,尽管已接近尾声,但物质仍然是非常匮乏的,名声显赫如上海饭店,可能也拿不出一份多么丰饶的菜谱,而且,价格高昂,而像我父亲这样囊中羞涩的食客,大概也只能点这种没有什么名头的菜肴。可我们吃得很快乐,吃得淋漓酣畅。好像父亲还喝了啤酒,我们是否喝了汽水则全无印象。总之,一顿饭,爸爸的稿费一分不剩地被我们吃光了。

十年"文革",我们这个北方内陆城市,物质极端匮乏,一切凭票供应,每个月,每人只有百分之三十五的细粮,也就是白面,二到三两食油,半斤肉。偶尔逢年节,按户供应一点鸡蛋、豆腐。十年间,我不记得我们城市供应过花生米、芝麻酱这一类本来最应常见的东西。饭店里,也不再卖纯粹的精米白面,卖的是掺杂了玉米面的二面馍和糙米。十年间,和家人下馆子的事情,再也没发生过,只是偶尔,大人会打发我们姐弟拿着饭盒去饭店打包一份肉菜回来,比如,一份过油肉、炒肉片之类。这样一份过油肉或炒肉片会被祖母重新加工一下,俏一些蔬菜进去,就是全家人改善生活的大菜。

买一份过油肉和炒肉片是不用去上海饭店的,可有一回不记得怎么就去了那里,排队开票的时候,碰到了一个小学同学,不一个班,可彼此都认识。她问我买什么菜,我说了。"你呢?"我问她。她看了我一眼,特别响亮地报出了一个菜名:"芙蓉鸡片!"那声音,绕梁三匝,非常骄傲。那是我第一次知道世界上还有这样动听的、不染凡尘的菜名。直到今天,偶尔的,这菜名还是能唤起我心里一点异样的感受,就像比利牛斯山脉这一类南美的地名带给我的奇妙感觉一样,那是少年时热恋《牛虻》的后遗症。

"文革"后,读了大学。20世纪70年代末80年代初的校园,生机勃勃。那短暂的一段岁月,是我此生真心热爱过的唯一一段时光。当然,伙食是极差的。起初,就像在军营里吃饭一样,一个班,分几个组,每组一只大桶两个脸盆,开饭时,值日生们拎着大桶端着脸盆去食堂打回饭菜,然后分给就地围成一圈的大家。菜是如同水煮一般,而主食则窝头扛鼎。偶尔吃一次包子、大米之类,如同过节。后来自然改成发售饭票,各自去食堂打饭,但菜仍然如同水煮,主食也依然如故。那时,对伙食的不满,对食堂的怨气,似乎是所有大学共同的问题,也是所有冲突的焦点;但,校园仍然是生机勃勃热血澎湃的校园,用今天的话说,充满正能量。

女排的崛起,是那个时代的惊喜。世界杯期间,忘了是哪一届,中美打半决赛,看海曼和郎平的对决,看得热血沸腾。我们赢

36

了,不知道怎么表达那份激动,就对好友说:"走,我请你吃小笼包!"

于是,郑重地,去了上海饭店。

那时,七七、七八级大学生,凡入学前工龄满七年的,可以带工资上学,我十六岁就在我们城市东山脚下的砖窑做工,入学那年工龄刚好够线,于是,每个月,我仍然有四十二元钱的工资收入,一个人吃用,没有家累,算是班里学生中的"土豪",平时偶尔请同学打个牙祭,买点零食之类是有的,像去上海饭店这样的大手笔,似乎,也仅此一次。

不记得那天是周几,好像是个周日,上海饭店人头攒动,嘈杂一片。开了票,却找不到座位,站在楼上角落里,觉得很茫然。终于等到了座位,坐下来,看着没来得及清理的桌面一片狼藉,兴致已经磨灭了一大半。等到传说中的小笼包千呼万唤上场,咬一口,很愕然,这不是我记忆中的味道啊,简直可以用"难吃"来形容。我们俩,沉默地吃着,吃到后来,忽然笑了。

那时年轻,还不能做到乘兴而来,兴尽而归,但似乎也不是为了几笼包子而来,所以,尽管扫兴,心里却仍然是快乐的。

记忆中,那是我最后一次去上海饭店吃饭。

它是什么时候从我的城市消失的,我记不清了。城市在变,生活在变,有那么多新的餐馆、新的饭店,如夏日雨后的蘑菇一般,蹿出地面。人们追逐着那些新东西,老地方渐渐凋敝。忘了什么时候,很多年前了,有一天,偶尔路过钟楼街,忽然发现,上海饭店不见了。去了哪里,不知道,也没有再打听。那时不觉得什么,是现在,有时在哪里吃小笼包,会想起它。原来它能带给我如此久远和绵长的想念。

鸿福居

如今,在太原,我的城市,已经没有几个人,知道这个地方——鸿福居馄饨馆了。

几十年前,这家小馆,身处在我们城市最为热闹繁华的一条街上,那街,叫开化市街。再早,开化市叫开化寺,是座寺院,始建于什么年代已不可考,只知道,北宋哲宗绍圣年间、元代大德年间和明正统年间都曾重修,可见其古老。据说它的鼎盛时期是在明清之际,那时,僧众沙弥无数,香客无数,寺庙旁边商贩店铺亦无数,渐渐生成集市和街巷。辛亥之后,开化寺式微乃至废弃,庙宇被开辟成"共和市场",20世纪20年代,更名为"开化市场",于是,就有了周边这些街巷:开化市东街、西街、南街,等等。

鸿福居应该是坐落在开化市西街上,那是条极为狭窄拥挤的小街。第一次走进这条街是在20世纪70年代初叶,那时,鸿福居馄饨馆的招牌,一块黑底金字的牌匾早已在破"四旧"时被砸毁了,改了个什么名字,忘记了。但人们仍然习惯叫它"鸿福居",卖的仍然是馄饨、烧卖一类面食，也有几样看家炒菜。走进去，热气腾腾的一股油香，那是滋啦啦煎锅贴的馋人香气。

我从没吃过这家馆子的馄饨、锅贴，更没吃过它的看家菜。去那里，原本不是为了吃饭。那时，我在我的城市东山脚下一个叫涧河滩的砖窑上做工，码砖坯，正式名称叫作"壮工"，我的一个工友，她的家就住在鸿福居饭店的院子里。穿过饭店不大的店堂，走进同样不大却油腻的天井，绕过煎锅贴的硕大铁炉，平地再下一截楼梯，那一条杂乱小走廊尽头的地下室里，就是我朋友的家。十几平方米的一间小屋，住了他们一家四口。那头顶，恰好就是店堂的地板，白天，特别是星期天，无数双脚板汹涌地踩在这家人的头顶上，没有一刻安宁。房间没有窗子，永远开着电灯，那灯泡瓦数不大，昏黄的光明，总有一种暧昧和隐秘的气息，还有一种日暮黄昏时最容易滋生和蔓延的莫名忧伤。

那时，我朋友的梦想，她人生的追求，就是让一家人住进一间有窗户的房间，地面上的房间。一抬眼，可以看见天空，看见星月，看见市井街景和风摇树动，看见如金子般灿烂汹涌的阳光。

我朋友的名字，容我隐去，就叫她雯吧。雯是个美人。起初，雯刚到我们厂的时候，不在东山砖窑，而是在西山上采石头。那时，西山上云集了一群不得志的年轻人，雯的美艳妖娆使许多人神魂颠倒。得知美人住在鸿福居地下室里，大家扼腕叹息，给她起了个现成的外号：馄饨西施。不用说，追她的人，很多很多，众星捧月一般,可雯哪里是那么好追求的?她如同在云端上俯瞰着那些红尘中的人。这让人反感。何况,她的嘴,十分尖酸刻薄,常常不给人留情面,冲撞了人也无知无觉,渐渐地,人就让她得罪光了。于是,"馄饨西施"没人叫了,直呼她"馄饨馆",已然是个蔑称了;还不算,再后来,江河日下,"馄饨馆"变成了"酸馄饨",最后,则伶仃地简化成了"老酸"。

我认识雯的时候,她已经是"老酸"了。我错过了她人生中最好的时光。涧河滩上的女人是容易衰老的,几年的野外劳作,酷暑严寒,风吹日晒,她皮肤粗糙了,头发失去了灵动的光泽,身板也宽阔了不少。可她仍然是好看的。她的好看,似乎不在五官,也不在身材,而是在顾盼之间那一种隐秘流淌的风情和柔情,那一种坚信自己永远是美人的百折不挠的妩媚。那时,我还是个青涩的女孩,热爱那些美好的女人,景仰她们,觉得她们每一个都是惊心动魄的故事和秘史;而她,又正陷落在繁华落尽的那一点萧索之中。于是,水到渠成地,我们成了朋友。

夏天,我们在窑场坯行里吃饭,远离人群。烈日炎炎,河滩上无遮无拦,我们在砖坯上苫两张苇帘,下面铺上草垫,做成一个简易的闷热的窝棚。饭是各自从家里带来的便当,当然那时不这么叫,就叫饭盒。铝制的那种,也有不锈钢的。雯的饭盒里,隔三岔五,会带来一些打卤面的卤——西红柿鸡蛋卤、黄花木耳肉片卤之类,满满一饭盒,香气袭人——那是鸿福居的手艺。记不得是

40

饭店当天没有卖完的还是员工们自己做来吃的，总之，是好心的大师傅盛到雯的饭盒里的，知道她天天带饭，也知道她干着下力气的重活儿。在那样的年代，这些打卤，这些西红柿这些黄花肉片，算得上是珍馐美馔了。雯总是慷慨地分一半给我，我们用它蘸馒头，就窝头，偶尔也用来拌米饭。那时白面大米都是按比例供应的，特别是大米，只在年节期间供应个一斤半斤，所以如同珍珠般珍贵。而那些卤汁浇头和大米的搭配，则是我记忆中无与伦比的美味。

我没吃过鸿福居著名的馄饨、烧卖，可我却永远记住了它善良的味道。

和鸿福居的渊源，还不止这些。

酷暑来临后，我们窑上实行包干制，凌晨五点开机，干够定量收工，为的是避开午后的酷热。厂里没有宿舍，而工人大多又住在城里。从我家到河滩窑厂，骑自行车要走一个多小时，这就意味着我每天需要深夜三点多钟出发才能赶上开工的时间。适逢乱世，马路上连路灯都没剩下几盏，有各种各样打劫一类的传闻在坊间流传。怎么办？雯说，住我家吧，咱俩一起走，就个伴。我说，你家怎么住得下？雯回答，你来就是，有办法。

果然，她是有办法的，和下夜的师傅打了招呼，于是，饭店后厨里的大面案，就做了我们的临时床铺。那面案，平坦、厚实，远比一张普通的单人床要宽阔。雯先在上面铺上报纸，抱来自家的被褥，收拾得妥妥当当，然后，我们并排躺下。我说，你真有办法。她苦笑着回答，什么办法？逼的。

她说，家里来了亲戚，都只能借宿后厨这张大面案。

凌晨要早起，本来，应该早早入睡，却睡不着。这样的夜晚，最适合联床夜话。雯给我讲她的身世，她的家史，还有她的恋爱史。她的出生，可谓风波不断，那是20世纪50年代初叶，正是"肃反"的年代，她一出生父亲就因为历史问题被捕入狱，没有工作的母亲只好把她送给了老家的舅舅。后来，她八岁那年，父亲出狱，母亲又强行把她抢了回来，而抚养了她八年的舅母因此发了疯……她徐徐地说，我静静地听，心里一点也不惊奇，我早就知道她是有故事的啊。她那时正在热恋之中，她的男友，潇洒，英俊，用今天的话说，她算是一个狂热的"外貌控"。她形容她的男友，"好看得让人心疼"。可是，这个"好看"的男子，身世却很复杂，父亲亦是一个够得上"历反"标准的旧军官，母亲则是越南人，据说还是皇族的后裔。这样的出身，雯的父母激烈反对，他们本来就已经是惊弓之鸟了啊。特别是她母亲，母亲说，你要真跟了他，我也不活了，你就红事白事一块儿办吧。

她母亲性子很烈，说得到，做得到。

雯很痛苦。

这样漆黑的夜晚，总是被泪水浸湿。总是。

后来，我离开了砖窑，离开了涧河滩。再后来，雯也离开了。

不久,就听说她结了婚,嫁了人,新郎当然不是那个"好看"的男子。她的婚礼,没有邀请我,只是,听人说得很刻薄,说雯找那样一个老公,怎么好意思相跟着一块儿上街?

但是这个男人实现了雯的梦想——他们全家终于搬离了那间不见天日、不分昼夜的地下室,搬离了嘈杂、拥挤、油烟弥漫,带给她许多伤心记忆、屈辱当然也有温暖的馄饨馆。从此她再也没有跟我联系过。时光飞逝,转眼就到了 80 年代。开化市街又一次更名为开化寺街。有几次,偶尔路过鸿福居,抬头看见了黑底金字的大匾额,才知道原来它是鸿鹄之志的"鸿",一直以来,我都以为它是历史洪流的"洪"。我站在门边,朝里张望,人声嘈杂,卖的依然还是馄饨、烧卖。热气腾腾的锅贴,依然飘散着活泼自负的香气。可我不想进去,不想吃任何一种食物。我怕它们会毁掉我记忆中属于这地方、只属于这地方的独门香味。因为,味道这东西,既坚韧又脆弱,毁掉它只在须臾之间。

又几年,有一天,偶然碰到当年砖窑上的一个小姐妹,聊起往事,聊起从前的伙伴,她突然说,哎,你听说了吧?"老酸"死了。我愕然。许久才想起问,怎么死的?她回答说,不知道,好像是心脏病,突然间就不行了。

我很难过。可似乎又觉得,她的死,又不完全是在意料之外……

鸿福居是什么年代、什么时间消失的,我已经说不上来了。

它消失得无影无踪,如今,在我的城市,没有几个人还记得这个小馆,年青一代如我的女儿压根儿就不知道它的存在。但,我记得,记得它美味的卤汁,它后厨宽阔的面案,它漆黑的地下室,还有,我天堂的朋友。

林香斋

一百年前,有个姓叶的河南人,在我们城市繁华的开化市街上,开了一间小吃店,卖馄饨、酱肉,还有一种叫"擦酥烧饼"的面食。他给小吃店起了一个名字,叫林香斋。闹市中烟熏火燎的饭铺,得名如此清雅,想来,这位河南先生是有些浪漫的。

等我记事的时候,林香斋已经是我们城市著名的三大饭店之一了,卖的自然是豫菜。我是河南人,从小吃祖母做的饭,所以,后来吃林香斋的菜肴就有一种睹物思人的伤怀和亲切。像它的黄焖鸡、黄焖鱼之类,都是祖母的拿手菜。还有一道假鱼肚,或清炖或红烧,或是放在什锦火锅之中,更是我家除夕年夜饭不可或缺的看家菜。名为"假鱼肚",自然就不是真鱼肚,它的材质,就是再平常不过的风干的猪肉皮,可它的炮制过程却十分繁复。怎样刷洗,怎样泡发,怎样蒸煮煎炸,颇为费时费力,是一道功夫菜。小时候,家里厨房黝黑的墙壁上,总是挂着落满灰尘的肉皮,那是祖母精心的收藏。一年的肉皮,一点点、一条条、一块块积攒下来，就为了年夜饭餐桌上的那个压轴菜。从前困窘的日子，人们就是这样过得珍惜和尽心尽意。

"文革"期间，林香斋改了名字，叫作"实习饭店"，后来自然又改了回来。十数年间，地址也搬迁了几次。但万变不离其宗，卖的还是正宗的豫菜。20世纪80年代初，我和李锐旅行结婚回来，置酒宴请闺蜜和好友，地址就选在了这里。那时，最疼爱我的祖母已经过世几年了，她临终也未能回到她一直想念的家乡。那天，酒桌上都有什么菜，早已忘记了，但那道假鱼肚是我特意点的，其实没什么人爱吃，可有了它，我觉得祖母似乎就和我在一起——她用这种方式送我出嫁。

物换星移，时代和生活的巨变，使许多国营老饭店由盛到衰，这悲剧性命运，林香斋也没能挣脱。在许许多多新的酒店、饭店、餐厅的崛起中，在生猛海鲜独领风骚以及川渝重口味的强势冲击下，卖河南菜的林香斋门可罗雀地撑了几年，终于，有一天，电视里突然出现了这样一条广告，一个幼稚的童声嘹亮而欢快地宣布说："林香斋变成了可丽斯，小朋友假日来吃炸鸡……"大意如此，原话记不真切了。

那时，麦当劳、肯德基还没有登陆我们这个内陆小城，快餐口味的炸鸡尚能诱惑一下本土的孩子们。也因此，它似乎曾经热闹了一段日子，但洋快餐并没有给可丽斯太多的时间。渐渐地，电视广告中那嘹亮的欢快就变成了强弩之末的欢快，末日的欢快。

当洋快餐以迅雷不及掩耳之势占领了这座城市的大街小巷之后，可丽斯销声匿迹了。可丽斯没有了。我的林香斋，失去了最后的痕迹。

曾经带女儿去过几次可丽斯。记得最后一次去时，它已经十分寥落萧条了。星期天，偌大的店堂里，几乎没什么客人。我和女儿坐了靠走道的位置，女儿点了她爱吃的东西，我坐在她对面，看她吃，一边听她说东说西。这是幸福的时刻，是我和女儿最喜欢的相处方式。这时，一个男子朝我走来，我没在意。他走过我身边，突然凶猛地一把拽走了我身后的挎包。几乎是本能的，我劈手就夺，我俩僵持片刻，他瞪着我，可毕竟是在光天化日的店堂里，他愤愤地放弃了。我抱着包坐下来，一回头，看见女儿一脸惊愕地望着我，刹那间，我感到了害怕。

从小到大，女儿几次受伤，都是和我独处的时候：在马路牙子上磕伤嘴唇，磕得满嘴鲜血；在沙土堆上玩，却奇怪地被蜜蜂蜇了手指。诸如此类。她第一次知道"小偷"这回事，也是和我逛商场，在人群中挤着买东西，钱包被窃。她小小一个人，莫名地兴奋，甩开我，"噔噔噔"跑到了过道上，冲着人流扯着嗓子大喊："你们谁偷了我妈妈的钱包？"好像这样一喊，就会有谁踊跃地回答说："是我是我！"结果当然是令她深深失望……而这一次，则是有一点凶险了——万一对方是一个亡命之徒呢？

那是最后一次，我们去可丽斯吃东西。它以这种方式和我们告别。没有可丽斯不遗憾,遗憾的是,我的城市,没有了百年老店林香斋,没有了我存放某种念想的角落。

2017 年 3 月 22 日于京郊如意小庐

和绘画有关

这两天读刘淳先生和艺术家的访谈录《艺术 人生 新潮》一书，看到有关罗中立的一章，罗中立谈到一本书，说这本书对他、对他们那一代人影响很大，这本书的名字叫《初升的太阳》。

我比罗中立要小，按约定俗成的说法，罗中立在年龄上属于"老三届"，我则属于"小三届"，我知道他所说的那一代人其实并不包括我，可我一看到《初升的太阳》这书名，就像看到一个久违的故人一样感伤和亲切。

20世纪60年代末期，有三年时间，我们的城市里有几十万孩子失学在家。几十万失学的孩子整天无所事事，享受着自由的时光，可说是这城市的一大奇观。那是一个极端奇异的年代，一方面，是整齐划一的思想、行为和准则；可另一方面，生活的暗流不可阻挡地汹涌着，青春的暗流也汹涌着，青春期的骚动和欲念，使这座城市笼罩着一种热气腾腾的桃色雾霭，"姐妹们""弟兄们"

作为民间传奇的主角,就是在这样的背景下"闪亮登场",而青春的苦闷和彷徨,则是浪漫主义的辽阔温床,那些被称为"毒草"的名著,以神奇的速度在孩子们中间流传着,传递着,于是,在一个文化沙漠的年代,许多孩子却在俄罗斯和法国小说中找到了精神的家乡。

我也是这几十万失学孩子中的一个,是那些将俄罗斯、法国文学视为家乡的孩子中的一个。《初升的太阳》就是在那时读的。这本书,不是名著,不是什么重要作品,也不是我最喜欢的,薄薄的一本,是写一个天才画家极短暂的一生,故事发生在苏联,不是旧俄,这个画家的名字我已经忘记了,书中所描写的主要内容我也忘记了,据罗中立所说,这书是写一个天才孩子"勤奋和努力的故事",可是,他怎样勤奋、怎样努力,我一点也回忆不起来,我只记得,这孩子,在三四岁,也许是四五岁时,无师自通地,意会了绘画中一个很重要的问题,那一天,他给小朋友讲故事,讲一列火车开出站台,渐渐远去的情景,他眼前出现了越来越窄的铁轨,越来越小越密的树木,于是,他懂了什么叫绘画中的"透视"。还有就是,我忘不了他的死,他的死实在是匪夷所思,他和一个朋友去林中打猎,朋友的猎枪走火,他撞在了朋友的枪口上。死时,他刚刚十六岁。

我还记得,书中有一些插图,都是他的绘画作品,其中有一张是素描,叫"卡嘉妹妹的画像",这张画,我记得十分清楚,因为,我曾临摹过这画像。

从小，我一点不喜欢画画儿，我的美术成绩也总是十分糟糕，经常得三分，甚至二分。在我小学四年级时，来了一个代课的美术教员，姓孙，现在想来，他一定是个高中毕业没有考上大学的青年，没有考上大学的原因，很可能，不是因为成绩不好而是因为别的。那是 20 世纪 60 年代中期，1964 年前后吧，这样的推测并非没有根据。我想，他一定是个苦闷的青年，深感前途渺茫，心情很灰暗，所以，他对我们这些小孩子态度粗暴，也没有耐心。课堂纪律不好，他立刻火冒三丈，谁画得不好，他也火冒三丈。有一次临摹一幅命题画，《补衣服》，一个男孩子画得不像样，他就挥舞着那画儿对男孩咆哮说："这叫补衣服吗？这叫——打屁股！"全班哄堂大笑，这叫人觉得他很没有尊严。可他对我很温和，我画得多糟糕，他也不肯给我坏分数，于是大家就指责他"偏心"。显然他不是一个合格的、公正的教师，他也不希望做一个合格的教师，他的心很高，是一颗艺术家自由的心。我不知他为什么对我另眼相看，也许，他是从我的眼睛里读出了我对他的——同情。不错，我暗暗同情着他，尽管那时我不明了他的经历、他的遭遇，可我就是有些同情他，同情他在我们小孩子中的委屈和尴尬。

他还给我画过一张炭笔素描，是我的头像，不过他没把这画送给我。就是送给我，我可能也不会把它当回事。因为我并不知道以后将会发生什么。我不知道他会自杀。那时他早已不是我们的老师,自从学校停课之后,我就不知道他的去向,也没有他的消息。突然地,有一天,我们这城市传说着一桩自杀事件,一个失恋的青年,在闹市街区,在众目睽睽之下,爬上了高压电杆,触电身亡,而他变心的爱人,就站在那下面,冷眼地、讥嘲地,目睹了他的死。在人们的传说中,这死,有一种闹剧的色彩,人们说他爬电杆的姿势多么多么笨拙、难看,他爬一爬,停一停,回头看看下面。他的恋人在下面讥诮地、轻蔑地望着他,他再爬、再看,还是一张讥诮轻蔑的冷脸。那是一个清晨,那还是一个交通要道,行人们驻足观看这奇景,还有人起着哄:"嗨,伙计,上!"他没有退路了,他只好在人们的观赏中笨拙地爬向那电杆的尽头,那生命的尽头。我的老师,他把"死"的悲剧演成了闹剧,他到死也是一个人群中委屈尴尬的角色。

他的故事,和《初升的太阳》并无关系,可他是唯一一个给我画过像的人,他使我和绘画发生了一点关系,尽管只是一张素描。那张画,或许早就遗失了;或许,还在一个什么地方,一个我不知道的地方,比如,他的某个亲人手中,收藏着;还或许,它早已和他其他遗物一起,被投入火中,付之一炬,化成了烟灰……偶尔我会猜测一下它的命运,心中怅然若失。

使我和绘画发生过一点关系的还有就是《初升的太阳》了。记得读完那本书之后,有一种莫名其妙的冲动,就临摹了那张"卡嘉妹妹的画像"。除了美术课上的作业,这是我第一次自觉地去画一张画,可谓太阳从西边升起。我画得很认真,很投入,很笨拙,傻乎乎毫无技巧,却有着一种外行人的泼辣大胆与毫不矫情的幼稚,使我的画看上去不像临摹倒像一种创造。我把我的画还有书同时拿给人看,人们先说:"咦?"然后才评价"像"或者"不像"。我很高兴,有一种成就感,只是,我对于绘画的热情也就到此为止,就像一把茅草,说燃就燃,可燃过也就无痕无迹了。从此我再没有画过画,也没有妄想过画画,也许,我内心深处,是害怕我的下一张画没有这一张好。那是一种爱惜吧?对自己的爱惜,对某种莫须有的才能的爱惜,对青春幻觉的爱惜。但我却因此而永远记住了《初升的太阳》,记住了"卡嘉妹妹的画像"。那是我的画,我唯一的画,是我朝露般短暂的绘画生涯中的"孤品"。

多年来我再没有听谁说起过《初升的太阳》,现在,听罗中立先生提起,我好像觉得和青春和失去的岁月有了一次私密又伤感的幽会。

2003 年 3 月 18 日于太原

小城图尔

听说我要去图尔,巴黎的朋友们就说:"噢,是去看中世纪城堡吧?"我这才知道,图尔有"中世纪城堡",有文艺复兴时期的著名建筑,在此之前,我只知道,图尔有一条河,叫卢瓦尔河,有一座大学,叫图尔大学。

我就是想看看图尔,想看看这座小城,想看看图尔大学。

尽管活动日程安排得十分紧张,但东道主还是为我们安排了图尔之行。这样,2001年岁末一个寒冷但是晴朗的日子里,我和子丹乘高速列车来到了小城图尔。

从巴黎到图尔,乘高速列车,仅需一个小时。

图尔安静极了,是一个异乡人眼中经典的欧罗巴小城。建筑是老式的,我不知道它们的风格和建筑年代,可它们静静矗立在天空下面就像褪色的老油画。那些街道也是老的,砖石路面,几百年来被一代一代人的脚印踩得光亮。我真喜欢河岸边圣朱利安区那些有木墙屋的小街,几乎没有行人,也很少看到汽车——也许那里根本通不过汽车吧?它们幽长而狭窄,通向从前。好像,你沿着那街巷走下去,就走进了拉伯雷的故事里。对了,忘了说,图尔是拉伯雷的故乡。

一个游人,其实,是走不进任何别人的历史之中的,游人的感慨,从来都和别人的命运、别人的生活无关。我走过一扇扇有着美丽铁艺雕花却紧闭的街门,走过那石头的中世纪的废墟,走过街角有着古老木雕的漂亮房子,我站在图尔大学主建筑的楼上,透过敞亮的玻璃窗,看见了卢瓦尔河——法国最长的河流,即使是在冬天,阳光下,它仍然闪烁着某种温暖和明亮的颜色,我不知道那是不是我的错觉。我静静望了一会儿,我想,那是别人的河,多么美丽。

我们路过了一个有着古老旋转木马的小广场,几家小咖啡馆,在星期一的上午,关着门。没人来喝咖啡,广场上露天的茶座虚席以待,寂寞地等待着夏天的好日子。我和子丹,轮流坐在那冷清清的茶座上拍照,身后是更加寂寞冷清的旋转木马。我对着镜头空旷地微笑,心里却更加清晰和痛楚地意识到,这是别人的城市……

2002 年 1 月 27 日,这一天,我把我的孩子送到别人的城市去了。从此,这个别人的城市,这个卢瓦尔河流经的小城,拉伯雷的故乡,这个温暖富饶,盛产甜瓜、芦笋、梅子、草莓、丝绸、珠宝和最棒佳酿的卢瓦尔河谷地,再不是一个无关痛痒的地方,它从此成了我最牵挂最想念的一个所在,它的雨雪晴晦,它的日升月落,从此与我息息相关,左右我的喜怒哀乐,主宰我的每一个白昼和夜晚。

它就这样走进我的生命和血脉,成为我命运中的城市。

1月27日,2002年,我不满十八岁的女儿,乘一架747客机——一个没有名字的交通工具,离我而去。这世上的交通工具,有的有名字,有的没有——村上春树的小说《寻羊冒险记》中,一个奇异的少女,曾经这样感慨。那段话让我非常震动和感伤。(《寻羊冒险记》,这是女儿推荐我看的小说,属于青春的她们的小说。)是啊,这世上的交通工具,轮船有名字,飞机往往没有。当年,我们那些去国的前辈,无论鲁迅还是胡适,或者徐悲鸿、钱锺书,他们乘坐着有名字的古典的轮船漂洋过海。"有名字的轮船",也许,要人性一些,体恤一些,柔情一些,代表着某种许诺、某种仪式感、某种情怀,还有际遇和故事。

而今天,没有名字的飞机,波音747或者空中客车,冲天一跃,就从母亲身边以超音速的速度带走了她们的儿女。

没有名字的先进的飞机,多么简捷,多么——霸气!

可我只能把她——我的孩子,我至痛的骨肉——交给法航,交给冷漠的无知无觉的"747"。在分手的时刻,她给了我一个最明亮最灿烂的笑脸,对我说:"妈妈,你千万别哭。"我答应了。可我没有做到。我没有信守承诺。我哭了。

她飞翔在空中，那是我一生中最煎熬的十几个小时。她飞着，飞过我们的和别人的土地，飞过我们的和别人的河流、山脉，对于万米高空中的人来说，河流、山脉，所有这些激动人心的美好的东西，其实没有任何意义。它们只不过是机舱中电视屏幕上那一条显示飞行航程的绿色荧光曲线。这就是飞行。用速度和高度抹杀所有属于大地的美好和奇迹。

然后，她就降落在了那个没有一个亲人、没有一句乡音的别人的城市。那是什么样的壮举！

如今，我勇敢的女儿走在图尔的街上，走在拉伯雷的故乡，青春、健康、茁壮的少女的脚步，踩着布吕美侯广场几百岁的老路面。她的脚步，比我这样一个匆匆来去的观光客要沉实、深刻，有生命的重量。她初涉人世的手，好奇而勇敢地触摸着那些她喜欢的老建筑，这城市就有了我女儿的体温——这座饱经沧桑老人般慈悲的城市，它一定会在那一刻柔软下来，善待我的孩子，善待所有母亲的孩子……

女儿在信中这样描述图尔：

图尔是个很棒的城市，美丽而宁静。还有一条看上去很温暖的卢瓦尔河。我们 LABO 的教室就在这条河边上，每个星期我都得到河边来，坐一会儿，看看那些在岸上乱跑的狗，还有正在接吻的情人……

图尔,就这样在万里之外,越过一万条河流和一万座山脉的阻隔,成为我的至亲。

2002 年 5 月 4 日于太原

荔枝、世界杯足球赛和东北

　　说来有趣，我第一次吃荔枝，是在北国江城哈尔滨。那是1982年盛夏，我们一行四人，我的先生和我，还有另外两位朋友结伴去东北游长白山，那次我们玩得非常快乐和尽兴。我们先去了一个叫"东京城"的小城，它隶属黑龙江省，离镜泊湖不远，是一个林场的所在地。那里有一个写小说的朋友，邀请我们去玩。20世纪80年代初期，是文学的盛世，写小说的人走到哪里，似乎都可以凭借着"小说"这两个字找到自己的朋友和同志，就像当年《国际歌》对于共产主义的信仰者那样。

　　那一片林场，属于老爷岭，可当时我们以为那就是长白山。其实也不算错，因为老爷岭、张广才岭都属于长白山脉。东京城的朋友天天带我们钻山林，是真正的山林，有时简直没有路，到处是灌木、草棵或者荆棘。有一次爬一个绝壁，我们两个女的爬到一半怎么也爬不上去了。我的腿抖得像筛糠。记得有一年登号称五岳最险的华山，也没有这么害怕过。自古华山一条路，毕竟还有路，可这一次不同，这一次压根儿就看不见路在哪儿。我俩无论如何上不去了，可那几位勇敢的男士都想当英雄，谁也不肯做骑士，执意要登到峰顶，对我们说："你们就在这儿欣赏大森林吧，这儿视野多好啊！"我俩上不去也下不来，就只好站在那绝壁上心惊胆战地"欣赏"，那儿视野真的非常好，可"小咬"差点把我俩吃了，还害怕有狼或者熊瞎子蹿出来，拿我们填牙缝儿。那一晚，我们就住在山里，住在林场一个小招待所，安静极了。天黑下来之前，我们沿一条空无一人的小路往林子里走。路很湿润，空气中有浓郁的松香和新鲜的苦香，是森林的气息。我们来到一条溪水边，不知道那水从什么地方流出来，至今记得那清澈是绝世的、出尘的。那是一个浪漫的年代，我们看世界的眼光，有一些"文学"的矫情。那天，在水边，我们夸张着我们的惊喜和感动，直到我们唱起歌来。我们不住嘴地唱啊唱，不知唱了多少。朋友 Z 是一个非常好的男中音，他唱"江南丰收有稻米，江北小麦已满仓……"真正的感动就是在他唱这首歌的时候突然袭来。我的全部感觉就在一刹那苏醒，林中之夜就这样真正走进了我的内心。更让我想不到的是，那歌声成为某种象征，昔日生活的象征。如今，我再也不可能在我们的土地上听这位朋友唱这首《歌唱祖国》了，现在他成了一个浪迹天涯的流浪者……

那一年，也是我第一次知道有"世界杯足球赛"这回事。在遥远的欧洲,第十二届世界杯足球赛赛事正酣。我们在东京城那位朋友刘树德家中,一边喝啤酒,一边看实况转播。啤酒是在刘家院子的水井中"拔"着的,透心的凉爽,那感觉非常奇妙。就在这世界的角落似的地方,寂静的、飘散着松香的天涯般的地方,黑白电视中转播着那个热闹无比的狂欢的世界的盛事。那感觉也是非常奇妙的。在一闪一闪的荧光屏上,我永远记住了一个名字——罗西。就像我后来记住了罗伯特·巴乔一样,不是因为他们的球踢得好或不好,而是因为他们给了我一些永难忘怀的特别的时刻。

后来我们乘汽车到牡丹江。在牡丹江,我们上了夜行的列车,前往哈尔滨。那是一节硬座车厢,好像不是始发站,因为我们四人的座不在一起。记忆最深的是,凌晨三点左右,天就蒙蒙亮了。我突然没有了睡意,东北的大草甸子在蒙蒙的曙色中有一种奇异的魅力。它并不平坦,有一种非常温柔和荒凉的起伏,那种起伏和坦荡是让人震撼和感动的。奇怪的是,几年后,我重返东北,也曾重新走这条路,可我看到的熟透的大草甸子和那个黎明中的大草甸子相去极远,我不知道它们哪个是真正的大草甸子的本色。就是在那次列车的终点,我吃到了平生第一次吃到的荔枝。

那是在我们游了松花江之后。其时有一支歌,正在大江南北流行,叫《太阳岛上》,唱的就是这条江,和那个江心的小岛。已经成为旅游之地的太阳岛,远远看去毫无新奇之处。我们四人租了一条船,并没有向岛上划去,我们只是在江上漂流,记得 Z 还下了水。那天有风,江上起了浪,我忽然有点害怕,因为小船摇晃得很厉害,可心里还很高兴。上岸后,我们在哈尔滨市中心游荡,发现了卖荔枝的。我们买了一些,不多,因为荔枝太贵,然后我们四人,就站在人来人往的大马路上,围着一只垃圾箱,风卷残云地消灭了那些多汁的、脆弱的、美极了的热带水果。我从没吃过这么好吃的水果,以前没有,以后也没有。我觉得这简直不是人间的美味。后来,即使是到了荔枝的产地,吃那些极新鲜的荔枝中的名品,可我怎么也找不回"荔枝"的感觉。我觉得只有哈尔滨吃过的荔枝,才是真正的荔枝,其他的,都是赝品。我想我这一生吃荔枝的机会,大概只此一次,它使我们的东北之行有了一种奇妙的、不合情理的完满。同时,它又以这种方式告诉我,有许多东西将永不能重现。

1998 年 6 月 10 日于世界杯足球赛开赛前

城市的幸事

　　去年秋天到我的老师尤敏先生家做客，她请我喝西湖藕粉，吃黄桥小烧饼。因为她刚从苏杭和南京回来，又因为她本是苏州人，向来喜欢江南点心。西湖藕粉端上来，扑鼻一股桂花香。先生说："是新鲜的桂花糖，从杭州带来的。刚买来时，香得不得了，这一路走回来，香味已经淡多了。"

　　我听得出话中怀乡的那点惘怅。至于桂花糖，久居北方黄土高原的我实在没有多少资格说三道四去品评。我又曾见过几棵桂花树呢？但我知道在我老师的家乡，在江南，或者说是在昔日的江南，做桂花糖也算是三秋的盛事胜景之一吧？

　　我很喜欢到老师家做客，这怕也是其中的一个原因。在老师这里，常有某种意外之喜。比如这样一小碗西湖藕粉，比如这应时应景的新鲜桂花糖，东西也许并不值钱，难得的是"应时应景"这四个字。在暮秋的北地，想起斜阳中的满觉陇，想起《迟桂花》，想起"十里荷花,三秋桂子"的前人词章,喜悦或感慨,是这一小碗点心盛不下的。

冬天去老师家,若赶上吃饭,也不须客气,坐下来,喝的是老师刚刚暖好的黄酒,绍兴加饭或花雕,里面加几粒话梅,那纯粹是为了迎合我这个北方学生的口味。

有一次说起张爱玲,我说她在《半生缘》里写到一种南京的小菜,叫莴笋圆子,是把莴笋腌了盘起来,中间塞一朵干玫瑰花。春节老师招饮留饭,一大桌盛馔里面,有一小白瓷碟,碟中赫然摆了几只绿莹莹莴笋,只只中心开一小朵紫玫瑰。老师笑道:"特为你准备的,张爱玲的小菜,是亲戚从南京带来的。"

老师的丈夫梁先生是南京人,有亲戚从南京来,带只板鸭盐水鸭或鸭胗之类是可以想到的,带来家制的腌菜——莴笋圆子,若不是老师特意托付了,谁会想到带这种东西来呢?这是整个春节期间,我吃到的最有味道的东西。

如今有一句话,叫"吃气氛"。为此很有人不惜一掷千金。水晶吊灯进口墙布红木餐桌都打在菜价里了,当然还包括玫瑰花、KTV以及小姐的微笑等等。路易十三是"气氛",波尔多干红、轩尼诗XO是"气氛",龙虾船是"气氛",玉米棒子和老南瓜也是"气氛",只要你肯花钱。花钱买来的气氛,或辉煌,或高贵,或典雅,或怀旧,但它总缺少一点什么。

就像精彩绝伦的假花。

还有另外的气氛，大约已被我们遗忘了。比如，"绿蚁新醅酒，红泥小火炉。晚来天欲雪，能饮一杯无？"再比如，"绿竹入幽径，青萝拂行衣。欢言得所憩，美酒聊共挥。"还比如，"开轩面场圃，把酒话桑麻。待到重阳日，还来就菊花。"这样的气氛和情致，可是买不到的。

所以，在今天，在我们日益进步和喧哗的城市，能有这样一处地方，为我们安静而从容地保留一小碗应时应景的西湖藕粉和新鲜桂花糖，保留几只故事性的玫瑰莴笋圆子，应该说是我们城市的幸事。

上面这段小文，写于1996年6月，已是二十多年前的事了。如今的尤敏老师，早已移居海滨城市大连，和女儿一家生活，而她的丈夫梁先生，则因罹患癌症去世多年。梁先生生病，住院，手术，化疗，这期间，我们几个学生，和尤老师一起，共同经历了那折磨人的一切。记得最后一次我和李锐去看梁先生，他已是骨瘦如柴，气息奄奄，却笑着，对我们说："等我出院了，我请你们去吃海鲜，去'海外海'。"

我也笑着，回答说："好，我们等您请客。"

其实，都知道，那已是永远不可能的事了。

自梁先生往生后，尤老师也曾回过几次我们的城市，我们去先生家里看望她，却再也没有吃过她亲手烹制的美味。往往，是就近找一处饭店或者咖啡屋,大家随便吃一餐便饭而已。没有人比我们更明白,在这个城市,我们的老师,只剩下了一座寥落的空屋,而没有了一个人间烟火的家。那些美好的日子,如大风吹落的花瓣,永别了。

2018 年深秋于京郊如意小庐补记

假如没有"非典"

　　假如没有"非典",这个春天,真是风和日丽。"风和日丽"这样美好的词汇本来是我的城市所担当不起的,但今年春天是个例外。几乎没有沙尘暴,没有"扬沙天气",从我家阳台上望出去,常常可以看见远处蓝天下西山清晰的轮廓——那是我小时候看惯的景色,我说过,这种时候,总是让我硬不起心肠来说这个生养了我几十年的城市的不是。

　　这个春天,风调雨顺,去年一冬多雪,是北方少见的多雪的冬天。也不知是不是雨水丰沛的缘故,今年的菜,分外好吃。许多年,许多年没有吃到这么好吃的蔬菜了。白萝卜白得没有一点瑕疵,水灵灵的,又脆又甜,无论是凉拌、做排骨汤,还是和肉一起红烧,都好吃得不得了;或者,干脆就切成段,当水果吃,更能吃出蔬菜天然的滋味。还有黄瓜、豆角,几乎样样都精彩。我不知道这是怎么回事,今年的蔬菜简直如同奇迹。

假如没有"非典"，这将是一个多好的春天。早就计划好了"五一"长假之前要陪父母去河东一游。我父亲一直想去黄河边看看永乐宫壁画，那边的朋友也早早地为我们做了安排，我们在电话里商讨着此行的路线，壶口瀑布，蒲州关帝庙，永济普救寺，等等，她甚至安排了我们在永乐宫里住一宿！在永乐宫投宿，是此行最精彩的所在，也是我最盼望的事，它使一次普通的观光旅游有了某种悬念。我不知道这座恢宏的道观、那些神秘的壁画，在寂静无人的深夜会带给我什么，这猜测让我隐隐激动。但是现在，不行了。

这个春天我丈夫本来要赴上海，参加一个中英作家的活动。上海有我们许多的朋友，现在，更不同了，现在那里有我们的亲人。我们的侄女小红枣和她的父母住在这个城市。小红枣一直很喜欢她的姑父，她喜欢她的姑父胜于喜欢我这个姑姑。平时，给我们打电话，若是我接听，她就会说："我不是找你，我是找李锐。"现在，去上海，就意味着和不满四岁的小红枣见面，上海就这样变成了一个亲人的城市。春节时，朋友为我们送来了新小米，是真正的"沁州黄"，太行山里农民自己种的，秋天刚打下来，金灿灿的，里面没有一粒稗子。丈夫就说："这小米别动，我要给小红枣带去。""沁州黄"煮出的小米粥，是她很爱吃的东西。现在，"沁州黄"和留小胡子的姑父，都去不了上海了。

仅仅几周之前，还在电话里，和子丹、方方计划着一次远行。

方方说要开车带我们去江西婺源玩儿。大家先到武汉集中，我们从山西，子丹从海南，再约上几个别的朋友，从武汉出发，一路东去，下九江，登庐山，逛景德镇，最后到达婺源。我们差不多是纵贯整个江西了。这计划多么激动人心，且不管能否成行，可以自由地、海阔天空地和朋友一起设计未来的出行计划，原来竟是这样一件幸福和奢侈的事情。

现在，我们生活在"疫区"，这是一个多么古老的字眼，仿佛和现代人、和科学如此发达的 21 世纪一点不沾边，我们只是在那些古装片的电影里认识了这个词，认识了瘟疫。还有那些所谓的科幻型的"灾难片"，印象最深的大概要数索菲亚·罗兰在 20 世纪 80 年代主演的影片《卡桑德拉大桥》，那时，我们是观众，我们在欣赏人"想象"出来的一场灾难。在现代人这里，真实的"灾难"，可以是战争，可以是空难，可以是车祸，可以是洪水，可以是大地震，可以是航天飞机失事，可以是股市狂跌，可以是种种，种种；但是，无论如何，似乎永远不会和"瘟疫"搭界。在我们心里，"瘟疫"属于被我们埋葬的古典。它果然被埋葬了，在新世纪，我们有了一个新名词——公共卫生事件。

其实，"疫区"也并不可怕，大多数人很坦然，很平静。只是，街上的人少多了，也没有什么车辆。往日我们总是抱怨交通不畅，抱怨塞车，现在好了，现在每一条大路都空空荡荡，一下子，显出了我们道路的辽阔，你想在上面开飞机都可以。突然安静下来

68

的马路和街道,让人感到压抑。原来,熙熙攘攘、乌烟瘴气、大小车辆将马路塞成水泄不通的实心,这种平时叫人心烦意乱,叫人跳着脚骂娘的情景,竟然是,平安,竟然是,幸运和——幸福。

生活中原来有那么多时刻是值得珍惜的,比如,随便跳上一辆出租车,自由地,去这儿,去那儿,坐在司机旁边,听他们慷慨激昂针砭时事。我们城里的出租车司机,特别喜欢发牢骚,发牢骚是他们宣泄生活强大压力的方式:关于银行贷款、关于各种费用、关于糟糕的路况……现在他们都戴上了口罩,口罩堵住了他们的嘴。和一个沉默的、怪诞的口罩相比,发牢骚,原来也是活力四射的、壮硕的生活的一部分,是为和平锦上添花。

现在,去我父母的家,需要一张通行证,许多小区都实行了封闭式管理,我们把这叫作"守土有责"。这是战争的语言,战时的语言,忽然间,生活这辆列车,就驶出了常态之外。不久前,我们坐在电视机前,喝着茶,看一场直播的战争。这就是21世纪呀,我们可以作为观众观赏一场千万里之外真实的战争,观看死亡和流血,主持人还要诚恳地对我们说,"谢谢您的收看",我们在收看别人被逐出了生活常态之外的非常时刻,只有"非常时刻",才具有收看或观赏的价值。总算,有一天,播音员告诉我们,巴格达正在恢复正常的生活秩序。巴格达这座拥有五百万人口的城市回到了它生活的常态,也就是,我们喜欢说的,生活又恢复了它的本来面目。

可是,什么是生活的本来面目?什么是生活的常态?不需要凭一张通行证而自由出入你居住的小区,不需要戴口罩逛大街,不需要听到对门邻居咳嗽就感到害怕,可以随心所欲出入饭馆、酒楼或者泡吧?……也许,正相反,每一个平安的、和平的日子其实都是生活的意外,需要人百倍地珍惜、珍爱。可我们是多么漠视、多么不懂得珍惜这意外的、也是脆弱的恩赐啊,一直要到灾难来告诉我们真相。假如没有"非典",或许我们永远都不会明白。

那天,丈夫给同是"疫区"的朋友西川打电话,他家里没人,打到了手机上,西川在电话里说:"我正领着小满意放风筝呢。"小满意,是他儿子的小名。"我正领着小满意放风筝呢"——这句话,让我丈夫心里一阵暖和。无论如何,生活在继续着,这就是它坚不可摧的迷人之处。我们抬起头,看见蓝天上一只静物般的风筝,就像神的言说,我们听不懂,却深深感动。

2003 年 5 月 9 日于太原

辑二

爱荷华的奇迹

十五年前,2002年,深秋,在爱荷华城外如火的红叶红到强弩之末的时候,那一年度的"国际写作计划"——IWP,举行了盛大的告别酒会。来自世界各地三十八个国家和地区的作家、诗人们,经过了两个多月愉快的相处、聚合,终于到了离别的日子。接下来的一个月,将是大家分赴美国各地自由的旅行。千里搭长棚,没有不散的宴席,说的就是这样的时刻了。

我端着酒杯,在衣香鬓影的人群里,和每一个人,微笑。微笑就是我的语言。我沉默地笑着,两个月来第一次,为我不会说英语而庆幸——我可以因此而掩盖我的依依不舍。

一个印度的女诗人,端着酒杯来到我身边,对我说:"你知道吗? 因为认识了你,我懂了一件事,那就是:语言其实并没有那么重要。"

她的话,让我忍了很久的泪水,终于滴落了下来。

我们拥抱了,她说:"再见。"

我也说:"再见。"

可我心里想的是,不会再见了。世界太大了,我们还能在哪里相遇? 这一切,我们还能在哪里相遇?

至今,那座美国中部的小城,被广袤的玉米田、被庄稼成熟的香气拥抱的小城,仍然是我深深想念、牵挂、眷恋的地方。

那里,住着聂华苓老师。

那里,埋着安格尔·保罗先生。

他们是 IWP 的创始人。

他们在山坡上的红色木屋,被聂老师命名为"鹿园"的那个家,是我最想念的地方。想念壁炉里的炉火,壁炉前的摇椅,想念餐厅里硕大的长餐桌,想念微醺时聂老师豪迈的大笑。有一次,在鹿园举行的热闹的派对上,聂老师举着酒杯,眼睛里水波荡漾,就是那样哈哈地一阵阵仰天大笑,带着洒脱狂放的酒意,以及,刹那浮现的少女般的娇媚。那笑声让我深深动容,我想,真美,这样的人生。

那一年,来 IWP 的,有六个中国人,诗人西川和他的夫人雕塑家姜杰,导演孟京辉和剧作家也是小说家的廖一梅,还有李锐和我。很自然的,聂老师的家,就成了我们的沙龙。那一年的 IWP,成员来自三十八个国家和地区,有来自以色列的小说家,也有来自巴勒斯坦的诗人;有哥斯达黎加的现任部长,也有津巴布韦的前游击队员;有来自英国的真正的贵族,也有来自我以前从不知道的日本某个极边缘的族群;有德国的绅士,也有墨西哥的前卫青年……仿佛,一下子,世界就来到了我们面前。那么,在世界面前,"我是谁?"似乎就变得前所未有的严肃和迫切。

于是,不知有多少个夜晚,我们几个人,吃完聂老师为我们做的红烧小排骨或者是清炖鸡汤,然后,就围坐在鹿园的长餐桌旁,从某一个话题谈起,讨论、争论,甚至动肝火,热切而激烈,今晚刚有一个结论,明天很可能又被否定,似乎,永远不可能有一个统一的正确答案。其时,在国内,无论是何种聚会,大家早已习惯了闭口不谈文学,不谈严肃的话题,似乎,谈论文学是件很 LOW 的事。也因此,这样的夜晚,这样温暖明亮的灯光下,我偶尔会恍惚,会走神,会有一种穿越感,似乎,时光倒流,流到了我青春的、激扬而真诚的 20 世纪 80 年代……尤其是,当我回到黄土高原上自己的家乡自己的城市后,笔下悄然变化的小说在告诉我,那些夜晚的话题,那些似乎无解的讨论、争论,那些思考,那些困惑和追问,对我,意味着什么,它们是多么珍贵。

对我而言,这样的夜晚,就是奇迹。

然后,我们几个人,在星光下,沿着清冽的爱荷华河,回家。

两年后,2004 年,我来到香港,参加香港浸会大学首届国际作家工作坊。第一天,在我们下榻的酒店大堂,我静静等待着集合,准备赶赴学校,参加为工作坊举行的开幕酒会。这时,人群中,我看到了一个熟悉的身影,是那个温婉而明亮的女人,那个印度女诗人。她也看到了我。我们一愣,然后就是一声欢呼惊叫,再然后,我们就拥抱在了一起。

如同奇迹一般,真的又见面了。这奇迹,仍然,属于我的爱荷华。

2017 年 9 月 22 日于京郊如意小庐

美国"往事"

　　十六年前,应美国爱荷华大学"国际写作计划"的邀请,我们在美国生活了几个月的时间。这一组文章,是归来后不久的旧作,时隔十六年辑录在此,又一次感到了时光的惊心动魄。

　　借用了一部经典电影的名字:《美国往事》,当然,此"往事"非彼"往事",只是觉得,这个名字里,有一种珍惜之情,那种不动声色的朴素的珍惜,也许,是我们唯一可以和时间对抗的东西。

　　几天前,在我们北京郊区的家里,聂老师的女儿蓝蓝来访,我们特意在我家壁炉前,拍了一张合影。我们想让聂老师知道,她的家,她壁炉里燃烧的炉火,曾带给我们多少难忘的时光。

　　当然,我家的壁炉,没有生火。

　　　　　　　　　　　2018 年初冬补记于京郊如意小庐

小城爱荷华

爱荷华是一个美丽的小城,到处是树,许多我叫不出名字的大树在这里生长了不知多少年。由于树多的缘故,动物也很多,当然是小动物,比如,松鼠,常常看到灰松鼠翘着大尾巴在草地上奔跑觅食,一点不怕人。还有野兔,似乎胆小一些,也还是能在夜晚看到它们一蹿而过的小身影。我们甚至还看到过獾和小浣熊,当然,看到最多的,是黄昏时来聂老师家门外山坡上吃晚饭的鹿。

爱荷华河流向密西西比,就在我们的窗外,抬眼就能看到它安静而丰满的河水。它不是一条大河,可它从容地朝着一条大河奔去的姿态很迷人。通往河边的小路上有几棵漂亮的树,结着繁密的小果实。一天一天地,看着它们慢慢成熟、变红,熟透后就落到了草地上,比红豆大不了多少的小果子,有点像山楂,又有点像海棠,很脆,汁水很多,不知道叫什么名字,有人说那可能是蓝莓树,也许吧,据说这种果子到冬天会变得又甜又软,是那些不能南迁的鸟越冬的口粮。

爱荷华河里有一群一群的野鸭,会飞。看到它们从天空俯冲到河里的刹那,我还以为是大雁。可它们不是。从前我常常忘记鸭子原来也是一种鸟,有飞翔的翅膀,和大雁一样,是候鸟。可听说这里的人太喜欢喂鸭子了,它们过着丰衣足食的富足日子,这几年冬天，已经不再长途迁徙飞往温暖的南方。它们忍受着爱荷华零下二三十摄氏度的严寒，靠面包屑度日。看来，"以食为天"这句话，真是一条普适的真理。它居然改变了一种动物千百年来自然的习性。

爱荷华河水气味很重，那是鱼的腥气。一尺多长灰黑的鲤鱼，常常张着大嘴来和鸭子抢食。有时，鱼群会吓退那些落单的野鸭。没有人在河边垂钓，本地人从不吃爱荷华河里的鱼，他们说因为河水有污染。所以鱼们可以自由自在终享天年，假如有一天从河里钻出一条鲤鱼精来，看来也没什么好奇怪的。——爱荷华河是一条富足且没有杀戮的河流。

从爱荷华城随便哪一个方向开车出去，走不多远，就走进了广袤的田野里。美国中北部大平原，辽阔而坦荡，无边无际，却又不是一览无余，它有着非常舒缓和流畅的起伏跌宕，有如大地的呼吸，很像中国的东北。上帝或者说造物者真是太厚待这片土地了，只有来到这土地肥美的深处，我们才能知道什么叫"感恩"。这平凡而生机盎然的俗世美景，唤起的竟然是一个人的宗教情绪。

爱荷华河岸边、公路旁，有一些小小的丘陵，被叫作山。某一座山上，有一个"鹿园"。鹿园里，住着聂老师。更早以前，住在这里的，还有聂老师的丈夫，美国著名诗人保罗·安格尔。鹿园其实就是丛林中一座红色的木屋，那红，不张扬，不霸道，是某种花朵的颜色,充满生气,和四周的树、山有一种奇妙的和谐。如果在冬天,树都变成了枯树,山变成了银白的雪山,那时,这座红色的木屋会多么温暖和迷人。可惜,我没能看到这样的美景,我们一直没有等来爱荷华的大雪。

鹿园里有鹿,鹿是野鹿,几十年如一日,每到黄昏,鹿就从山坡后面的丛林中出现了,聂老师早早撒下了鹿食,在从前,撒鹿食的应该是保罗。保罗说过这样一句话,他喜欢动物和女人。聂老师向我们转述这句话时,脸上有着怀想的温暖的笑意,这句话,还有这笑容,都让我们深深动情。

现在,保罗一个人睡在墓地里。那墓地我们也去过了,黑色的大理石墓碑,一无修饰,简洁、大气、庄严、美。上面刻着两个人的名字:一个是保罗;还有一个,是聂老师自己。那天,我一看到华苓·聂·安格尔这名字就哭了。这里将是聂老师最终的归处,这就是女人。哪里有爱情,哪里就是她们生死不渝的家园和故乡。墓碑的背面,刻着保罗的诗句:"I can't move mountains,But I can make light"(我不能移山,但我能发光。)现在,每年10月12日,保罗的生日,就是爱荷华州的"安格尔日"。

爱荷华虽小,可也有好几家巨型超市和很大的购物商城,他们把它叫作"mall"。这一类超市和商城大多建在城外,需要开车。在爱荷华,没有车就像没有腿。还有一家大约可叫作"车间商场"的地方,卖厂家的直销产品,都是现在中国年轻人喜欢的品牌,比如李维斯,比如耐克,比如 GAP,等等,还有 CK 香水,价钱要比商店里便宜,叫"Williamsburg",它离城要远一些,在高速公路上开车要走大约四十分钟,它的英文名字我们开始记不住,李锐马上就给他起名叫"威廉堡"。从此我们把它叫作"威廉堡"了,听起来十分欧洲。后来我才知道,"威廉堡"这个名字,果然和欧洲殖民者有关,它是美国历史的一个纪念。

但是聂老师买酒,从来都是到一个叫"John's grocery"的小店,一家小杂货店,用我们的叫法就是"江记杂货店",这家店的店主 John,祖籍捷克,在 20 世纪 40 年代开了这家小店,如今已有六十多年的历史。John 怕是已经过世了,现在的老板是他的儿子,城中的老居民,很珍惜这仅存的、唯一的小店。卖酒的店员叫 Wally(威利),从前,六七十年代,是一个反叛的"嬉皮",即使现在,你还是可从他身上看出一个嬉皮的痕迹:他的毛边牛仔裤,他的不修边幅,他灰白的头发在脑后编成的发辫,等等……他笑容非常诚恳,有时竟很灿烂动人。他熟知这城中所有老主顾对于酒的口味,假如你想送酒给某个人,你就到"江记杂货店"去,问他,谁谁谁喜欢什么酒? 他就会从一排排琳琅满目让人眼花缭乱的酒瓶中取出你所需要的。有一天,我们想带酒去鹿园,就到"江记杂货店",我们说出了聂老师的名字,比画着,威利马上笑着带我们来到里屋,从货架上取下一瓶酒,正是我们所要的——差不多每晚都要在鹿园喝的那种叫作"Cognac(康尼雅克)"的白兰地。

从前，来这里买酒的，应该是保罗。他开车下山，来到路边这家小店，买"康尼雅克"，买威士忌；卖酒给他的，先是老约翰，后来就是嬉皮士威利。突然地，有一天，保罗不再来了，永远不来了。在他举行葬礼那一天，嬉皮士和他的老板，威利和老约翰，来到了墓地。聂老师匆忙中并没有想起通知他们，可他们主动来给保罗送行。那一天，嬉皮士威利，穿得非常整齐，西装笔挺，打着领带，他肃穆地来给他的顾客、他的朋友、一个诗人送行，来和他说——永别。

还有一个加油站的老板，保罗从前总是去他那里加油。只要一看见那辆叫作 BLAZER 的吉普车飞快地驶来，不用说，准是保罗了，没有人能把一辆大吉普开得这么帅气十足。保罗去世后，第一次，他的吉普，他的"BLAZER"——传播者，由他的女儿驾驶着，去了那个加油站，老板一看到那辆车，和车上的人，就站在那里哭了。

这就是小城的魅力，全世界的小城，都有着那些大城所没有的情意。这也是一个人、一个诗人的魅力，有了这个人，小城变得非常大，从 20 世纪六七十年代开始，每年秋天，爱荷华最美的季节，全世界各地的作家、诗人，现在又加上了剧作家和导演，来参加由这个人和他的妻子开创的"国际写作计划"（IWP），全世界各地，比如柬埔寨，比如老挝，比如太平洋上的哪个岛国，总有一个诗人，或者一个小说家，把"爱荷华"这个名字当作了他生命中的一个纪念。

2002 年，和我们一起来到爱荷华的，有三十多个国家的同行。一开始，我们记不住他们的名字，于是我们就用自己的方式称呼他们，比如"日本胖丫"（其实并不胖，只是丰满、结实，人很美丽，有着十分坦荡的笑声，总是称呼我姐姐），比如"玛当娜"（一个保加利亚姑娘，年轻、前卫，喜欢涂颜色怪诞的指甲油和唇膏，崇尚"肢体语言"），比如"小中世纪人"（一个巴西青年，眼神忧郁，留着中世纪宗教画中圣徒一样的长发，喜欢弹吉他，用很小的声音唱披头士的歌），比如"英国小驼背"（其实并不驼，只是有些佝肩，金发、碧眼，他是个真正的英国贵族），还有"老德国"（自然是个德国人，小说家，是我们中年纪最大的一个，每天早晨在河边跑步，不喜欢君特·格拉斯）。此外，还有"以色列"，还有"巴勒斯坦"。"以色列"是个非常引人注目的大眼睛姑娘，据说她在世界上很有名气，她的书，每一本都是由"兰登书屋"出版，当人们指责将要到来的这场战争的时候，她站在了大多数人一边，她说："我不代表以色列。"而"巴勒斯坦"则是这些人中最文雅最有书卷气的诗人，多情而浪漫，我们常常看到他和那位来自波兰的女诗人一起，在爱荷华河边散步，据说他们之间有了故事。那个波兰女诗人，喜欢围红色的披肩，忧郁而严肃，我特别喜欢她羞涩拘谨的笑容。还有一位来自哥斯达黎加的作家，皮肤黝黑，头发天生卷曲,热爱摄影,我们集体旅行乘车,他总是喜欢坐在司机旁边的位置上,不失时机地,把一只胳膊从玻璃窗伸出去,举着相机,咔嚓、咔嚓迎着风不停按快门,十分潇洒。他说他身上有一点华人的血统,会说一两个汉语单词,他的汉语水平和我的英语水平不相上下。可是,有一天,在我们常去吃饭的中餐馆里我们碰上了,没有翻译,也没有旁人,我们三个,他会蹦几个汉语单词,我们会蹦几个英语单词,可我们居然还谈得非常热烈,足足谈了半个小时,也许那纯粹是南辕北辙的谈话,可那"谈话"的氛围让我们给造足了,真是投契和热闹!后来,回国后我们才知道,他原来是他们国家一个身居要职的高官——部长。

传奇的是,我们不仅有贵族,有政要,还有前游击队员,那是一个来自非洲津巴布韦的女诗人,她曾真正地在丛林中打过游击。我对她充满好奇,可是由于语言的障碍我无法和她真正交流,她严肃、沉默,和另一个非洲女作家形成鲜明对比,那是一个加纳人,明亮而喧哗,牙齿白得耀眼,身材高大丰满,总是穿颜色热烈的衣服,笑容十分灿烂迷人,她待人热情、喧响、亲切,可她身上却有着与生俱来的原始的高贵,如同一个神。她是我见过的最意味深长最像神的一个人,也许,她生活的地方离神最近。我很喜欢她,她是个小说家,是加纳唯一一个获过国家大奖的女作家。有一天,我们听她朗诵自己的小说片段,她写她的童年,一群乡下孩子,纷纷猜测着苏联的生活,孩子们说,在苏联,所有的事情都要分工,比如吃饭,有的人专门分工吃面包,有的人专门分工吃果酱,有的人则专门分工吃马铃薯。我想那篇小说一定非常有趣,可我只能通过翻译知道这么多。

从前,有保罗的时候,他常常邀请IWP全体作家到鹿园聚会,他们在屋后山坡前生起烤炉,用柏木枝烤牛肉。大家在阳台上喝酒,喝醉了,就唱歌,那些来自东欧的作家跳起踢踏舞或者自己民族的舞蹈,一边跳一边流泪,地板都要被踩塌了。山坡对面,夕阳一点一点沉进了河水,从远处,你感觉不到它的流动,可它在流。在它的尽头,有着更仁厚的美景,那是密西西比这条神灵般的大河对它的等待。

那时,山上的树还没有这么高,它还遮挡不住阳台上人的视线,现在不行了,现在树又高又密,除了冬季,已经看不到对面的河流。爱荷华的树,在秋天,真是烂漫极了,到处是一树一树的红叶、金叶,在蓝天下,在河岸上,在某些白色的建筑旁,它们耀眼的明艳有时撞得人一阵眼疼。原来,有这么多树是可以在秋天变红的,从前,我只知道枫树,还有黄栌,还有柿子树。我的老师曾经告诉我,《西厢记》中的"晓来谁染霜林醉"的"霜林",指的就是柿子树。那是我们的树。爱荷华是没有柿子树的,却有着另外的红叶和美不胜收的"霜林"。我大概永远都不会知道它们的名字,对于我,它们是异乡。

从前,我们把美国北中部这一片肥美的土地,称作"衣阿华",

现在我们的地图上，则译成"艾奥瓦"（IOWA），第一个叫它"爱荷华"的人，是聂老师，聂华苓，一个黑头发黑眼睛的中国女人，她使"爱荷华"名扬世界。

2003 年 4 月 8 日于太原

卡巴莱

在走进这个酒吧之前，我从没听说过"卡巴莱"，我是一个孤陋寡闻的人，在我生活的城市，歌城歌厅星罗棋布，可我和大多数规矩本分的市民一样很少光顾那些声色犬马的场所。据说我们城市的歌城歌厅很有一些声名，但那里的歌手唱的仍然是普通的大众的流行歌曲，并没有一种称之为"歌厅音乐"的乐曲应运而生。

卡巴莱据说就是——"酒吧音乐"。

那是我们到达芝加哥的第一个夜晚。这个黑色的城市在白天已经给了我们足够的震惊。我们五个中国人，从伊利诺伊州立大学的朗诵会场溜出来，凭着手里的一张地图，一头钻入了城市的巨大腹部。那摩天大厦组成的黑色的峡谷，壁立千仞，寒光凛凛，有着冷酷的华丽，和伟大的邪恶。我们在寒风中"狂走"，不屈不挠，却摸不到这城市的一点血肉。芝加哥是著名的"风城"，在这个下午我们透彻地领略了那风的强劲。这是一座不可触摸和亲近的城市,它没有体温,没有表情,我仰头站在它最高的建筑——西尔斯大厦的脚下,心想,有什么力量可以使这个城市动容?

从前,有一支歌这样唱,"芝加哥,甜蜜的家",那是南方的黑奴们对一个天国般美好地方的憧憬,当年,有多少黑奴历尽艰辛九死不悔地唱着"蓝调",涉过田纳西河、密苏里河、密西西比,奔向密歇根湖边这象征着自由的"甜蜜的家",可是今天,无论我怎么努力也无法把"甜蜜"这字眼和芝加哥联系在一起。芝加哥太不"甜蜜"了,芝加哥总让我想起另一个词:"奇迹"——财富的奇迹,工业的奇迹,现代化的奇迹,建筑的奇迹,人创造了一个个嚣张的奇迹来向上帝炫耀。而从前的芝加哥,那可以被称为"家"的地方,早已让一把大火烧得干干净净了。

从前的芝加哥,如今只剩下了城中心一个水塔,石头的建筑,朴素,沉寂。我在另一个黄昏时分站在了它脚下,感受着它的黯然神伤。它是最后的、唯一的一个见证了,见证着被"毁尸灭迹"的过去。南方酷烈的棉田里,成千上万的黑奴吟唱的芝加哥,向往的芝加哥,是它挽留不住的啊。那个芝加哥死了,而它做了墓碑。

大火成就了今天的城市,一片焦土之上,人们尽可以甩开膀子没有任何羁绊地大干了。于是,一座同名的城市拔地而起,全世界最优秀的建筑学家在这里争奇斗异，如今，任何一个游客，都可以随便乘上一只观光游船，从蓝色的密歇根湖上回头眺望那个"一英里半的奇迹"，那已成为最经典的芝加哥景色。蔚蓝色的湖水，蔚蓝色的天空，如此纯净如此辽阔和悠远的背景之上，现代人想象，也无非就是，把一道道几何习题做到了天上。

幸好，我们还有黑夜。黑夜到来之后，芝加哥在灯光的抚慰下柔软下来。我们乘车来到城中一家酒吧，这里就是演卡巴莱的地方。从孟京辉和廖一梅那里，我知道了"卡巴莱"是酒吧音乐，有固定的演出形式和风格。其实，我来这里，只是为了消磨掉一个陌生的夜晚，至于"卡巴莱"，我想，无非就是艳舞的一种，除了色情、色情、色情，我并不期待它带给我别的什么。

果然，它是色情的，色情而炫目的一群女人，色情的舞蹈，色情的语言和挑逗，热烈而又欢快。女人欢快地在舞台上抛弃着身上的衣服，把一件充满亵渎意味的事变得那么光明坦荡，一个女人，也许是男人，他(她)肥胖的足有半吨的体重使他成为一个没有性别的人，这个人就像中国戏曲中的"彩旦"，欢快放肆纵情地说着我听不懂的粗话。人人都快活得要疯了，我也很快活。我以为我会反感这一切，可是没有。我很少能体会俗世生活中粗鄙的美和快乐，像这个色情的芝加哥之夜。那狂舞的肢体奔放而健康，每一寸都会说话都会倾吐，每一寸都有情有意，哪怕那舞者全无心肝，可那肢体是情真意切的血肉。冷酷的白昼是需要这样温暖的肢体这样色情的抚慰的，色情，却理直气壮，有一种粗俗茁壮的生机，没心没肺的快活，快活到了极点，到了底，一往无前乃至——壮烈。

想起一句话，红灯映照里的欢愉，用来形容卡巴莱，真是再贴切不过。四周的黑，托举出了这一团欢天喜地的光明，那是肢体的奇迹——肢体是这座城市深处的灯和光明。在这个异域的夜晚，或许，任何有声有色有光明的东西都能使我心生感激，我刚巧撞上了卡巴莱，我撞上的卡巴莱很可能和真实的卡巴莱相去万里，可这又有什么关系？因为卡巴莱，芝加哥这不可触摸的冰冷的城市才有了蒸腾的人气。

2003 年 3 月 30 日于太原

博物馆

不去总是不甘心的，所以，在芝加哥，在纽约，或者在爱荷华州府德梅因，大部分时间都是泡在博物馆、艺术馆里，那简直是一种淹没。所有那些不同年代、不同种族、不同国别的艺术家和他们的作品，在同一个时间同一个地方，突然地，向你逼来，包围了你，那伟大的气势能给人造成高山缺氧的窒息感。我走进那些伟大的地方，总是头晕，这让我不辨东西南北甚至迟钝。博物馆这一类去处是强悍的,压迫的,也许它并不适合如我一样脆弱和小家子气的观众。我常常看到别人描写参观博物馆、艺术馆的文章,看到人家在那些珍贵的艺术品面前、在那些伟大的原作面前的惊喜和震撼,可我不行。一个人,过惯了穷日子,一夜之间发了横财,不是所有的人都能承受得住那巨大的喜悦和财富,在博物馆里,我就是一个被"暴发"的感觉所摧毁的观众。

也许,在芝加哥艺术博物馆那一次是个例外。那一次,由于时间紧迫,参观整个的博物馆是不可能的,朋友就说,明确一下主题,去中国馆吧,我就跟在大家后面仓皇地直奔中国馆而去,那样子好像是去赶飞机。我们匆匆忙忙穿越在那些奇迹之中,几乎是目不斜视,就连莫奈、马奈,就连高更甚至凡·高,也没能让我们停下脚步。经过凡·高身边时我感到心揪了一下,可我还是硬着心肠掉头而去。我知道同行者——那些年轻人是不喜欢凡·高的,他们说凡·高已经变成了中产阶级趣味的一个庸俗符号。我不愿意在苛刻的批评的眼光陪伴下和我热爱的凡·高见面,我也吃不准在这样的氛围里凡·高是否会让我失望,所以我宁愿舍弃。

于是,在异国他乡,和祖国突然地见面了,在千重山万重水之外的别人的土地上,我遇上了老中国:先秦两汉、魏晋南北朝,还有伟大的盛唐时代,一个身穿红色唐装的女人,小小的,高不过尺余,骑在一匹骏马上,她丰腴肥美的身体前倾着,似乎是在顶风上山。刹那间我被震撼了。这个泥塑女人的奇异姿态，是我在我们自己的博物馆里所从没见到过的。我不知道她是谁，也不知道她骑着马要去哪儿，可她伏在马上的那个真实而艰难的姿态让我深深感动，多么美啊！多么让人怜悯！不知为什么我深深地、深深地怜悯着这个唐朝的仕女，这个丰满多情的泥塑。我怜悯她眉宇间的孤寂，怜悯她无人抚摸的丰肌，怜悯她从颈到肩那温柔典雅美不胜收的曲线，怜悯她背井离乡的千年乡愁。我站在她面前，不敢张嘴说话，一张嘴就哽咽。

整个上午，我激动不已，这是从前逛博物馆这一类去处时从没有过的，以后也没有过。那是唯一的一次，被深深地感动、震惊，被缠绵爱意所笼罩和折磨，像少年人一样对美那么敏感和敬畏。流落他乡的珍宝，让我看到了美是怎样在孤独的、隐秘的传递中照亮了时间和万物，她在离群索居之后所到达的神秘峰巅，还有，她让我更清晰地看到了一个宿命的真实，那就是，在这个世界上，我永远，并且，只可能属于什么族类和人群。

2003 年 5 月 13 日于太原

看阿仙

阿仙是一个中国人，旅居澳大利亚，正在美国展出他的艺术作品。我们是偶然撞上的,在这之前,我没听说过他的名字。后来,向朋友询问,知道了多年前,他是北京那些比较另类的艺术家中的一个。

那天,下着雨,为了躲雨我们走进了这座叫作"亚洲艺术协会"的展览馆。楼上,一个很大的展厅里,一边,陈列着洛克菲勒家族收藏的中国瓷器;另一边,则是阿仙。当然,不是阿仙本人,而是他的作品,也是瓷器,半身的胸像,也有全身,像我们常见的中医针灸挂图中的人体,呆板,光头,冷漠,面无表情,闭着眼,若不仔细分辨,几乎看不出性别,当然,裸着,而裸着的身上、脸上,则烧制出极其经典的中国瓷器图案:青花、斗彩、景泰蓝等等,或是花鸟鱼虫,或是人物山水……一尊一尊,脸上、皮肤上,飞着蝴蝶,游着鸳鸯,开着艳丽的缠枝大牡丹,背负着高山流水名山胜川,嬉戏着放纸鸢或是点炮仗的垂髫小童。一切,都是我们自己熟到骨子里的,也是外国人眼里最经典的中国符号。

你得承认,它奇异、怪诞,有着强烈的视觉冲击力量,你还得承认它的"巧",它的通俗,它的明白晓畅和"热"。它在用古老的中国符号演绎着西方,特别是美国艺术家们最热衷的艺术话题:关于人的身份认同、人的自我认同,以及性别认同等等,这是一个讲给人家听,并且,人家听得懂,至少自以为能听懂的故事。

回国后,看了宫崎骏的动画片《千与千寻》,这是奥斯卡第一次把动画片奖颁给一个外国人。同样地,这也是一个丢失与寻找、迷失与发现的故事，在历经了长久的困惑、迷失、茫然与没有身份的混沌黑暗之后，"千"终于发现了、找到了她丢失许久的名字"千寻"。宫崎骏的想象力，丰沛而奇诡，其中的动画造型也非常日本和东方，他就用这充满想象力的东方符号给美国人讲了一个他们听得懂，并且关心的故事。

我不知道为什么美国艺术家如此热衷、如此痴迷这种"认同"，以至使它变成了压倒一切的强势语言，我想，这当然是和现代、后现代哲学思潮有关，但恐怕也和他们移民的历史、种族的历史有关。不过，在我们生活的这个世界上，人类要面对的问题，人类生存和精神的困境，不仅仅是一个"认同"啊！全世界的艺术家，难道都必须加入到这众口一词的合唱之中吗？

还说电影吧。不久前，看了一部关于"9·11"的影片，来自世界各地的十一位导演，每人用十一分九秒的时间，讲述一个关于"9·11"的故事。伊朗的年轻女导演萨米拉·马克马巴夫是这样讲述的：在伊朗某乡村，年轻的女教师，试图使一群正在从事着艰辛劳动的孩子明白，世界上刚刚发生了一件什么样的大事，她问她教的孩子，谁知道这件重要的大事是什么？孩子们仰起被汗水和劳作弄脏的小脸，回答说，村子里挖井，一个孩子的爸爸掉下去摔死了；另一个则回答，摔死的人不是一个，而是两个。女教师再三启发，说，不，比这更重要的大事情发生了。又一个孩子，用天籁般的声音回答说，更重要的事是，他的姑姑，在阿富汗，被活埋了……

那真是令人震撼的回答。

2003 年 7 月 3 日于太原

哒啦呱哒

"哒啦呱哒"是什么？我也不知道，我想也许没人会知道。它只是一个音节，一个节奏，一个声响；或者，一个随意的碰撞，就像风对任何一种物体的抚摸。

《哒啦呱哒》在外百老汇上演，这就是说，它具有这样一些可能：新、锐利、粗糙、叛逆和野心勃勃。在这之前，我们已经看了几部百老汇经典的音乐剧，比如《西贡小姐》，比如《悲惨世界》，还有正在成为经典的《芝加哥》。外百老汇，还有外外百老汇对我们来说，就显得更有吸引力。年轻的艺术家，还没有被百老汇这台巨大的商业机器轧制成形，没有被体制所征服的新人，他们用什么证明着他们珍贵的存在呢？

悬念在购票时就已经埋伏下了，大家被告知这场演出没有座位。起初，我不明白"没有座位"的意思，还以为是不用对号入座，却不是，而是剧场中不设座位。它的广告词这样形容《哒啦呱哒》：它像性一样美丽。

我们先走进一个厅,不大,灯光温暖明亮,平平常常,看不出玄机,环墙还有几张供观众休息的凳子,在这里大家存包、等待,放松下来,忽然地,有人手持喇叭出现了,引领着大家拐上一条黑暗的小楼梯,楼梯又窄又陡,绕来绕去,然后,我们就到了一间大厅。暗沉沉的灯光,果然,没有一张椅子,四周围,还有头顶,全被一种幕布似的东西遮蔽着——这是真正的剧场了,压抑、令人不安、神秘和危机四伏。人们不由得屏住了呼吸,不用说,我们已经走进十面埋伏之中了。假如,这不是演戏,而是一个圈套一个陷阱呢?

就在这时,灯灭了,一片漆黑。什么都没有,只有黑,黑和寂静。突然地,头顶天幕上,有了响动,像是来了暴雨,沉重的大雨点落下来,砸下来,砸在天棚上,不是雨点,而是,流星雨,金色的大流星,在天棚上,闪烁,滚动。这不是人间而是宇宙了,宇宙洪荒。然后,天棚上,唰地一下,飞过了黑色的、奇怪的人的投影,扭曲着,似乎在挣扎,唰唰地,更多的人,在我们的头顶,飞着,都在挣扎,呼喊,似乎痛苦不堪,惊恐不堪。突然,一只手臂,从天棚上咚地掉下来,掉在了我们的头顶,更多的手臂,掉下来,天棚被扯破了,露出了惊恐的挣扎的人脸。

没有了天棚的遮蔽,人就在我们头上呼啸着飞翔,一个人,或者,一组人,飞着,喊着,骚动着,扭曲着,挣扎着,变幻着各种造型,如同但丁笔下的地狱景象,又如同神话或者宗教故事中的某个画面:拉奥孔、美杜莎之筏……一个人倏地飞下来,迅雷不及掩耳地,把观众中一个美丽的姑娘掳走了,掳到了天上,就像魔鬼掳走了公主,吓得人们一片尖叫。这时响起了音乐,是打击乐,一个人,在半空中唱起来,似乎是远古的音乐,是图腾的音乐,没有歌词,只有那一个神秘的音节:哒啦呱哒,哒啦呱哒……

两小时,刺激、震惊、神奇、恐怖,充满魔幻感和想象力。事后回想,这场演出其实是把我们传统意义上的杂技空中飞人、杂耍、音乐,特别是打击乐,再加上类似中国的皮影等,糅合在了一起,完全是一个大杂烩,却黑暗而艳丽,生气勃勃,肆无忌惮。也许,它是在表现人的困境,生命的剧痛与狂欢、人间的荒诞感;也许,它什么都不表现,它就是为了给你一个新鲜、热血偾张的体验,让被生活折磨得麻木的我们,在黑暗惊悚的魔幻世界中,激活生命古老的激情,哪怕只是一个夜晚。

只是,尽管如此,《哒啦呱哒》在纽约,好像也没有造成多么大的响动。是啊,纽约,它什么没有见过呢? 若论标新立异,谁又能新过纽约? 纽约,几乎成了全世界那些以标新立异为理想的艺术家的梦魇! 这个巨大的都市,它几乎每时每刻,都在汲取着世界上最新鲜、最奇异、最热烈、最丰沛的激情、思想和创造力来滋养自己,甚至,是榨取,它榨取一切。所以,它充满不可思议的活力。然后,它将这初夜般珍贵的一切:诚实而鲜明的、独特的欢乐、痛苦、挣扎、反抗,择其所需,迅速地复制拷贝成商品——也许这就是外百老汇、外外百老汇和百老汇之间永恒的关系。

2003 年 6 月 30 日于太原

在 55 吧

这是一个小酒吧,在格林威治村,很小,半埋在地下,有七八张小桌,也许更少一些,陈旧、简朴,甚至可以说简陋。可是,在纽约,所有喜欢爵士乐的人,没有不知道它的。

我们的向导——小白,是个"另类"的美国青年,在著名的哥伦比亚大学读博士,读的竟然是中国当代文学! 显然,他的寒窗苦读不是为了日后的饭碗。这个小白,痴迷地爱着爵士、蓝调,却一点不喜欢时尚的流行音乐,比如 RAP 之类。在纽约这样飞速旋转的城市,他生活得从容不迫,甚至是悠闲。我想,他有些像上海人所谓的"老克腊",对了,他就是一个纽约的"老克腊"。

有一张油画,画的就是这 55 吧,冬天寒冷空旷的街道,一地的积雪,上面印满凌乱而安静的脚印,夜大概很深了,一团朦胧温暖的灯光,投在雪地上,那是 55 吧的小窗口,那是属于 55 吧的温暖和光明,贴心而知己,忧伤又甜蜜,就像 JAZZ 本身。

纽约的"老克腊"小白,是这里的常客,这里,有他最喜欢的爵士乐手迈克·斯特恩(MILK·STERN)。这个迈克·斯特恩,如今，已是世界级的爵士"大腕儿"，每年，要在世界各地巡回演出，可是，只要他人在纽约，那么，每周，必定有两次，他要到这小小的、简朴而陈旧的55吧来演奏。小白说，那是因为迈克热爱这里，热爱这里的气氛，热爱这里的听众，那应该都是痴迷JAZZ的发烧友，还因为，他热爱这种随意、即兴、自由的演出方式，那是爵士的灵魂，虽然在这里他几乎挣不到什么钱。

　　而我，则基本是个音乐盲，说起听音乐，我的耳朵，约等于聋子的耳朵。但这个夜晚我还是坐在了这里，等待着迈克。他来了，小白把我们介绍给他，他很高兴，因为他将要在2003年春天去中国演出，一时间我们成了中国的代表，可我这个代表实在"代表"不了中国JAZZ乐迷的水准，叫我好生惭愧。可渐渐地我被那气氛所感染，那一天，演出阵容为三人组合，只有吉他和鼓，迈克弹吉他，优雅、洒脱、浪漫，像一个风一样自由的游吟诗人。鼓手是个黑人，棒极了，他的鼓敲得让人灵魂出窍，热血沸腾。他坐在那里，离我不到一米，我觉得他痛苦得就像一个奴隶，但他的痛苦却激情四溢，辛辣而强烈，黑暗逼人。一时间我恍然大悟，原来，"激情"是有气味和形状的啊，就是眼前这黑色的神灵般的鼓手。

　　那一天，到最后，出现了一个意外的高潮，夜已经很深了，忽然间，不知从哪里，跑来一个"萨克斯"，他来到乐手们中间，相互交换了几个手势，然后，他的"萨克斯"就吹响了。他们互不相识，于是，他们彼此试探、猜测、询问，不是用语言，而是，用旋律、节奏,用乐器和音乐,你问我答,你来我往,慢慢地,热烈起来,激昂起来,高亢起来,明亮起来,像一群江湖侠客,华山论剑,又像高山流水,喜遇知音。那可真是一场狂喜啊!忘我的、豁出性命般的狂喜,巅峰般的狂喜。我听呆了,也看呆了,想一想,若是在任何一个辉煌的大剧场,庄严的大音乐厅,怎么可能撞上这种"意外"?怎么可能有这半路上杀出来的"萨克斯"带给我们的惊喜与感动?也许,在这里,JAZZ 还是水泊梁山上打家劫舍自由不羁的好汉,本色不改,始终未被朝廷所招安吧? 这大概也是迈克·斯特恩,一个真正的、浪漫的乐手,对 55 吧情有独钟的原因所在。

2003 年 7 月 4 日于太原

邂逅巴黎

第一次去法国,是文学的活动,很奇怪地,却是受法国外交部之邀。那是女儿即将赴法读书的前夕,所以,走在巴黎的街头,特别是黄昏时分一个人偶尔的独行,总是让我感到,和这座辉煌的城市,和塞纳河流过的浪漫而陌生的大地,从此不再仅仅是文学与观光者的关系。于是,莫名忧伤就会像黑夜一样袭来——我不知道等待着我孩子的将会是什么。望着渐渐亮起的巴黎的灯火,我不止一次这样在心里对巴黎说:"请保佑我的孩子……"

一晃,十几年过去了。

我的译者

到巴黎的第二天,在法国国家图书馆会议厅前厅里,一个姑娘迎面向我走来,用流利的汉语对我说:"你是蒋韵吧?"

我说:"你是柯梅燕?"

我们都笑了。

在此之前,我们互通过好几次 E－mail,她向我提出过许多的问题,我也曾一一作答。但是,我没有想到,这个法国姑娘,竟然会是这么年轻,而且,这么美丽,美丽得简直有些不同凡响。

我的书,有这样一个美丽的光彩照人的译者,真让我骄傲。

那书我已经看到了,海水蓝,最深的那种海水的蓝色,深沉而坦荡,使薄薄的小书变得有重量。柯梅燕告诉我,这家著名的出版社是法国最古老的出版社之一。我很高兴,我喜欢这蓝色,我也喜欢古老。

柯梅燕非常忙,整个会议期间,我觉得最忙的人就是安妮·居里安女士和她。可无论她怎么忙,都忘不了关照我,一会儿关照我吃饭,一会儿给我端来餐后的咖啡,弄得别人都羡慕我了。她是那种能让人感到温暖和信赖的人,我几乎是立刻就相信了她的译文一定也如她本人一样漂亮和值得信赖,我想这是我的幸运。事实也正是如此,不断有人在证实着这一点。有一天晚上,我听到一个法国女演员用法语朗诵我的《冥灯》,那感觉非常奇特。后来人们告诉我,说那译文真是美极了。

我不知道这位年轻的法国姑娘,她是怎么了解、怎么传达出我的小说的气息的。晋、陕峡谷中苍茫的黄河,河上如血的落日,河边的小城,城中艰辛的生计,还有高亢而凄伤的二人台,这一切和巴黎和香榭丽舍和香奈儿五号毕竟太遥远,她是通过哪条路走进了我的生活、我的黄土高原、我的小说世界?

终于有了闲暇的一天,有了一个闲暇的夜晚。在走马观花游完巴黎那些著名的风景之后,这天晚上,她请我吃晚餐。她问我,吃法国饭还是中餐? 我一点都没有客套,我说,当然是中餐。她笑了,她说,好,那就跟我走吧。

天很冷,我们像一对老朋友一样走在巴黎的街头。比起刚刚过去的那个匆忙的、做观光客的白昼,我忽然有了一点闲适的心境。商店大部分都打烊了,街上来往的行人也大多行色匆匆,真实的巴黎就在我的身边,在这夜中潜伏着,我知道走进它不是一件容易的事,我怀着一种永远的距离感安静地欣赏这寒风中的城市,这人类心灵史上常青的城市。我东瞧西看,在每一个漂亮的橱窗前停下脚步。走过灯火通明的街角时,看到一家书店,竟还开着门,柯梅燕忙说:"走,进去看看,有没有你的书……"

我想,怎么会呢? 就是在我的祖国,我的城市,也不是推开一家书店的门就可找到我的小说的,我远没有那样的畅销和知名度。可我不想扫她的兴,我觉得她说这话时就像一个兴奋的孩子。我们走了进去,奇迹发生了,我看到了我的书,海水蓝,安静的一小本,醒目地摆在那里。柯梅燕欢呼起来,然后,我俩站在这属于我们两人的果实面前,许久不肯离去。我们就像两个默契和知己的老农,嗅着稻菽的芳香,欣赏着我们辛勤劳作的收获。

那一晚，我们乘兴坐一站地铁来到了著名的拉丁区，在一家叫作"天下酒楼"的中餐馆吃了非常鲜美的水饺和川味炒菜，当然那是变革了的川味。我们还喝了葡萄酒。酒助着我们的谈兴，于是，我知道了柯梅燕的一些事情。我知道了这位美丽的法国姑娘，原来毕业于著名的巴黎高等师范学校，那是萨特、德里达们的学校，那个学校，几乎可以说是法国当代文学、哲学和政治的摇篮。知道她是在北京学的汉语，知道了现在她在政界服务，为法国经济部长工作，而翻译介绍中国文学，则是她的业余爱好，我这本书，就是她在许多个更深人静的夜晚译成的。我则告诉她，我一向喜欢属于夜晚的文字……还知道了就在前天，她漂亮的小儿子刚刚过了两岁生日。

我们聊得很尽兴和快乐，咖啡端上来了，她点燃了香烟。她抽烟的样子很优雅好看。一顿愉快的晚餐接近了尾声，忽然，她望着我说，知道吗，我的名字，Myriam Kryger，这不是一个法国名字，这是，犹太人的名字。

她说她是一个犹太人，波兰裔犹太人。她的父亲、她的许多亲人，都曾经住过纳粹的集中营，她的祖父，就死在那个著名的奥斯威辛。

我沉默了。

说实话，我并不能够从一大群法国人中分辨出一个犹太人，我更不能从我不认识的法文中辨别出一个犹太人的姓氏，但奇怪的是,我并不怎么意外。柯梅燕,Myriam Kryger,我想也许我们之间有着远比萍水相逢要深刻得多的理解,所以,这个犹太姑娘,才会如此喜欢我的伤痛的小说。

在巴黎听朗诵

拿到活动日程安排表,看到有这样一项,12 月 15 日晚上,在法国国家图书中心,将举行一个朗诵会,朗诵与会作家的作品。朗诵者是法国职业演员,据说还挺著名。

我不知道别人的反应,老实说,我非常感兴趣,我不知道自己的小说变成另一种语言,再由别人以表演的形式朗读出来是什么感觉。我不像其他的与会者,他们都太著名了,这样的场合早已经历过不知多少遍,更何况他们的作品有些都被改编成电影,拿过国际大奖,一次朗诵会不会让他们感到怎样新鲜,而我,却是第一次。

从前,二十多年前,我的第一篇小说刚刚发表的时候,省里的广播电台播出了这篇小说。预先他们通知了我播出时间,上午,大约十点,好像是这样。那不是周末,也不是周日,我不知道有谁会在一个忙碌的工作日、在那样一个时间收听广播小说。于是我请了半天假。那时我还是师专的学生,在读书。当然我没有说出请假的真实理由。我没有半导体,我们宿舍里也没有。我也不好意思回家,我觉得这是一件很私密的事。结果,我来到了市中心的人民公园,公园里有个很深的湖,叫文瀛湖。

那时,我们城市的公共场所还有广播设施,有高音喇叭。我是怎么知道人民公园有喇叭并且转播省台的节目,早已忘记了。我只记得自己坐在文瀛湖边,一个人静静地等,等着十点钟的到来。公园里没有太多的游人,我觉得自己很安全。我等来了我的小说,一个成熟的女声,一种程式化的漂亮的声音从天而降,刹那间我觉得无地自容和震惊。很久我才平静下来。我就那样羞涩地坐在公园的湖边听完了那个女声的朗读。现在想起来,那是多么傻又是多么甜蜜快乐的事!

十五日那一天,会议安排得非常紧张,是纯粹的学术性会议,发言者是来自法国、中国、美国、丹麦的专家和学者,作家则成了听众。晚上,在一家瑞典餐馆里,我们吃了北欧风味的晚餐。餐馆的对面,就是法国国家图书中心。

那是一条狭长的街道,大型的汽车无法通行,从前,一百多年前,或者再早一些,雨果和巴尔扎克小说中的马车就走在这样的街上,路边的煤气路灯把惨淡的光晕投洒在石头路面。法国国家图书中心就是这条街上的一幢老建筑,我不知道它属于什么建筑风格,也不知道它的建筑年代,它远不如我想象的那么华丽,乍一进去,甚至感到它有些黯淡和衰败。朗诵厅并不大,转眼间已是座无虚席,连前厅里都站了人。这就是巴黎,我想。全世界大概只有这里，这座城市，在周六的夜晚，会有这样一些人、一些青年，冒着巴黎少有的严寒，来这样一个古老黯淡的地方，听人朗诵来自遥远异域的小说，还有诗。

那一晚，演员们朗诵了与会作家这样一些作品：白先勇先生的小说《秋思》，余华的《现实一种》，莫言的《酒国》，格非的《褐色鸟群》，李昂的《杀夫》，蒋子丹的《从此以后》，杨炼的长诗《黑暗们》，香港作家也斯的《蛾》，以及旅法女作家应晨的作品……当然都是选取某个章节或片段，就像我们京剧的一段"清唱"。我的小说《冥灯》，则是由一个女演员朗诵的，那女演员，朴素而年轻，我惊讶她身上毫无一点我们想象中的演艺圈的脂粉气。她站在朦胧的灯光下，我听着她的声音——只是声音，语言在此时此地对我来说只是一种声音，那声音生机勃勃，黑暗而性感，好像落一粒种子就能长出一片茂密的丛林或者好庄稼，蕴藏了无限种可能。这种感觉很奇妙，似乎一个人回溯几千年来到了没有语言的时代……这土地般古老而肥沃的声音，在讲述着一个什么样的故事？

安静极了。

后来我走到前台，轮到我回答女演员的提问了，这是每一个作家都要面对的例行提问。我很紧张，不知道她会问什么。她开始讲话，我茫然地望着她生动的年轻的脸。后来，翻译告诉我，她的问题是，关于死。

她说:"我问你一个非常简单的问题,你为什么把死亡写得这么平静,这么美? 中国人是怎么看待死亡的?"

天,我怎么知道! 我想。这其实是最真实的答案,可我当然不能这样回答。我想了想,我说,这可不是一个简单的问题,死,对于任何人,对于任何民族、任何种族的人来说,都不会是一件简单的事。只不过,怎么样表现人面对死亡的感受,那完全是凭作家的想象和猜测。我还说,我生活的那个地方,中国北方黄土高原乡村,有这样一种古老的风俗,农历七月十五,鬼节,人们要放河灯,用来祭奠河神和亡灵。我告诉女演员河灯是怎样的一种灯,我形容着千万盏河灯顺流而下的那种壮观和美丽。我说,那是为亡灵照路的灯光,是活人为另一个世界的亲人送去的温暖。也许,这里面有我们对待死亡的态度,有温情和审美,它影响了我对死亡的表达和看法……

第二天早晨,在旅馆的餐厅里,不少人见了我,都说我昨晚的回答让他们很感动。我想,其实,我把那一切解释得太肤浅也太文艺腔了,诗化"死亡",那并不是我的本意。

在巴黎的最后一个夜晚,还是去听了朗诵,是香港诗人也斯和内地旅英诗人杨炼的诗歌朗诵会。这一次,因为纯粹是听众,所以很放松。诗歌朗诵会设在一个小剧场,叫"莫里埃剧院",是东道主租用的。不想,赶去后才知道,这朗诵会居然收门票,三十法郎一张,将近四十元人民币(是剧院老板做出的售票决定),对于巴黎人来说,三十法郎不算贵,可有谁会在寒冷的冬夜花三十块钱来听两个中国诗人的诗歌呢? 没想到,整个小剧场,居然坐得满满当当! 我留神看了看,中年以上的观众居多。巴黎啊! 这个不妥协的城市,这大概是人类为自己留下的最后一个浪漫的乌托邦角落了,为无处藏身的诗,为精神之美。——它还能坚持多久?

那一夜,朗诵会结束后,我们在一家咖啡馆盘桓到凌晨。那咖啡馆一定很古老,还在用煤气取暖。19 世纪的粗大的煤气暖炉吊在屋顶,烧得红通通的,看上去像温暖而迷人的炭火。大家喝着一种奇怪的果汁、热咖啡,还有必不可少的葡萄酒。这是此行的最后一夜,再有几个小时,天就要亮了。"盛宴必散"这句话,形容的正是这样伤感的时刻。我知道在以后的日子里,我会非常想念这个夜晚,还有,这个努力要挽留"诗"——这最后一片人类芳草地的城市。

和一条街萍水相逢

其实,我一直不知道那条街的名字,大部分时间,是汽车带我们走来走去,就像在国内任何一座城市开会一样。汽车经过的路上,曾看到了那个著名的雕塑,罗丹的名作——巴尔扎克纪念碑,身披长袍的巴尔扎克高傲地俯视着他脚下的城市。不知道那是原作还是复制品，没人告诉我这个。不过，老巴尔扎克总是让人感到亲切的，我们这些人，最初认识巴黎，哪一个不是从老巴尔扎克开始？

离我们住处不远，还有一个明显的标志，那就是蒙巴那斯大厦。那个纪念碑似的现代建筑在一片老建筑群中显得孤独和格格不入，据说，自从它凌空出世之后饱受巴黎人的指责，为此政府还出台了与此相关的政策。但是对于一个人地两生、语言不通的异乡人来说，蒙巴那斯就像是城市的航标灯，找到蒙巴那斯，至少就离我们的小旅馆不远了。

但是有一晚，子丹独自出去看亲戚，回来的时候，亲戚开着车围着蒙巴那斯周围绕来绕去，怎么也找不到我们的那条街。原来，它太醒目了，从好几个方向，从东西南北，远远都可以看到它，走近它，特别是夜晚，它通体璀璨，耸入云端，不是航标灯又是什么？

有蒙巴那斯大厦的那条街，就叫蒙巴那斯大街，是巴黎非常热闹的街区，有着大大小小的商店、饭店和咖啡馆。也就是说，我们是住在热闹的边上。怪不得，我们住地附近有家中餐馆，那里的排骨面条，要卖四十法郎一碗，想来那是寸土寸金的黄金地段的缘故。

渐渐地，知道了，卢森堡公园和著名的索邦大学就在附近，汽车经过那里的时候，有人就指给我们看。索邦大学的著名，除了它的古老历史和学术名声，还有那闻名于世的"五月风暴"，当初震撼世界的五月风暴的发源地就是索邦大学，一晃，那已是上世纪的事了。有一晚，一个法国朋友带我从索邦大学附近匆匆走过，我猛然看到了它隐在黑夜中的身影，像所有饱经历史风霜却严守秘密的老建筑一样尊严而沉默。这是我熟悉的表情，在我们自己的土地上，我常常和这样的老建筑这样的表情不期而遇，它们总是带给我难以言说的感动。

还是在蒙巴那斯大街上，离我们的旅馆不远，马路对面有一家咖啡馆非常著名，就是萨特们当年常常出入的咖啡馆，我不知道它是不是应该叫"洛东达"？这就是经典而浪漫的拉丁区，每一扇窗子每一盏黑铁的街灯下都有故事。现在，在那里喝咖啡的是些什么人呢？我不知道，也没有机会进去坐一坐，它和我近在咫尺，我却与它失之交臂。

从旅馆出来，朝和萨特的咖啡馆相反方向走不多久，就是蒙巴那斯公墓。好像老萨特就安葬于此。葬在那里的，还有玛格丽特·杜拉斯。杜拉斯晚年就住在蒙巴那斯一带，若早来一些年，没准会在某一天深夜某一家酒吧里撞上那个喝得醉醺醺的才情横溢的女人。起初，我根本不知道这公墓的存在，一直到最后那一晚，告别的那一晚，聊天中，杨炼对我说起了它，是无意中说起的，他说他已经和一个朋友去过那里了。我想我也应该去看一看，可第二天早晨，也就是在巴黎的最后一个早晨，我睡过了头。

这是几天来我睡得最深沉的一觉，睡过了时间，而上午还有其他安排，就这么，与蒙巴那斯公墓错过了。

萨特和玛格丽特·杜拉斯，都不是我喜欢的作家。在国内，不喜欢杜拉斯的女作家大概太少了，而我算是其中一个。这个在殖民地长大的女人，从她小说的毛孔中，隐隐飘散出一种种族的优越感，那气味让我不舒服。至于萨特，我觉得他是一个非常自私和喜欢沽名钓誉的人。可是，尽管如此，想想当年，想想那个辉煌的"文学时代"，无论是萨特还是杜拉斯，他们带给我的震撼，带给我们这一代人的震撼，可说是振聋发聩的。现在他们都安息了，就长眠在与我只有一公里远的地方，那是我此生和他们最近的时刻，可我们最终还是错过了。

该说说我们的小旅馆了。其实，它并不小，是一家三星级的旅馆，却给我一种"小"的感觉。小小的门脸，小小的前厅，房间也是小小的格局，再加上窄窄的、曲径通幽的楼梯，毫不张扬和奢华，是那种巴黎常见的老房子，经典的老欧罗巴。走在巴黎的街上，我才更惊醒地发现，我们自己的城市，有多么"新"。这"新"，甚至在不知不觉中，培养了我们"暴发"的眼光和品位。

这家小小的旅馆，舒适、整洁、安静，供应免费的早餐。刚刚烘好的小圆面包是我非常爱吃的食物。餐厅也是小小的，在早晨，永远弥漫着热咖啡的浓香。那香味，或许可一直穿过前厅飘散到街上去，使一个寒冷的巴黎早晨拥有了人间的情调和温暖。

这家小旅馆,身处闹市,可不知为什么却给人这样闲适安详、岁月悠长的感觉,像一个老式的公寓,或者,像从前小说中的那种小庄园。出旅馆门,左拐,再一拐,马路边上,有一家商店,里面卖雪茄和各式各样的烟斗。有好几次,我经过那里,忍不住就推门走进去。那些木质的烟斗真漂亮啊!它们闪着古典、优雅、温润如玉的光芒,从容不迫地面对叫嚣而喧嚷的生活。我觉得,这烟斗,还有我们宁静朴素的旅舍,它们是想艰辛地挽留住一个远去的时代。

2002 年 1 月 12 日于太原

盛大的 PARTY

那是我第一次去中环。香港的中环不是一个陌生的名字,它和这样一些词汇联系在一起:国际大都会、金融中心、财富、精英、成功人士,当然还有寸土寸金,等等。

中环的大楼,耸立着,像无数座纪念碑,插向天空——那是人对神的炫耀。这也是一个熟悉的画面,在无数的电影、电视镜头中,在观光的图片里,看到了 N 次,虽然没有一座楼我能叫得出名字。

匆匆的人流,茂盛的人气,街景,甚至荷李活道两旁那些卖"古董"——中国符号的小店,都在预料之中。这是一个虽然没有亲历却处处符合想象的地方,你的脚,第一次踩在这块土地上,却像是在做着验证,在温习旧事——至少,我以为。

那天我们一行人,浸会大学国际作家工作坊的作家,跟在主人身后,在中环漫游,参观了主人小小的画室,吃了据说是特首宴客时常去的那家饼店里的蛋挞。天黑下来了,灯亮了。主人带我们去海边,看维多利亚海湾的美景。通往海边的路,要穿过一座巨大的建筑,穿过它的底层,突然我惊呆了,我看到了一个奇观:通道两旁,密匝匝的,坐了一地的人,成百上千也许上万的人,女人,她们坐在铺开的报纸上,三个一群,五个一伙。整整一个巨型建筑的底层,被这些席地而坐的女人填满了,填成了实心。成百上千也许上万的女人们挤坐在一起,吃东西、说话,吵吵嚷嚷,表情放松又自然,对过往行人熟视无睹,似乎这里是她们自家的庭院。

我就这样撞上了"菲佣"。

我忘了说,那是一个星期六,星期六的傍晚,这个时间是重要的,假如早一天,或者晚两天,我可能就和这壮观的菲佣的海洋失之交臂,我可能永远不知道在中环,在香港最繁华的"芯"里,有这样一个草根的奇景。

香港的法律,保证了菲佣法定休息的权利。我不知道是有人组织还是自发,总之,她们,成千上万孤身一人背井离乡漂流到此的女人们,姐妹们,就这样在法定休息日,在这举目无亲的城市,浩大地聚集在了一起。据说从前她们是在维多利亚公园,如今挪到了这里,这座恢宏的巨大建筑的底层或是通道,人来人往的闹市,席地而坐,用母语用家乡话畅快地交谈、诉说,就像在开一个盛大的 PARTY。

她们是在相互慰藉吧？相互汲取力量和暖意，以抵挡一个无情的冷酷的都市，她们在这里加油，然后，才有勇气像沙粒分散到各处，回到日复一日深渊般的孤独。对了，孤独，这就是那盛大PARTY 的名字——我看到了世上最壮观的孤独。

　　那一段路，我走得惊心动魄。穿过这条涌动的菲佣的河，女人河，来到海边，维多利亚港湾璀璨的灯光，旖旎而迷人的美景，忽然之间有了新意——这个地方，这个城市，其实，是深不可测的啊！你不知道会在什么时间突然看到它隐秘内心的某个角落，就像被电光照亮一样，一个和电影和文艺作品和约定俗成无关的香港，在我眼前，惊鸿一现。

　　也许，就是从那个夜晚开始，我嗅到了这国际大都会、这时尚之都、这东方明珠的人间烟火气，那一夜，我回到了地上。

2005 年 1 月 8 日于太原

香港记忆

　　十多年前，1994 年，我丈夫李锐一行几人，赴台湾开会，途经香港启德机场，要在那里办理一系列复杂的赴台转机手续。那是他第一次踏上香港的土地，那一次，启德机场的工作人员，几乎没人听得懂他们一行人的普通话，那种隔膜、冷漠，或者说傲慢，就是香港留给我丈夫他们的第一印象，也恰恰印证了我们一向对香港的想象。

　　确实，几乎所有的人，来到香港，似乎都不是为了发现什么，而是为了印证。

　　2005 和 2006 年，受香港浸会大学国际作家工作坊的邀请，我两次赴港，后一次，是随丈夫同行，并且在那里生活了几个月。我们渐渐发现了一个想象之外、定义之外的香港，它的丰富、生动，它的浑厚、复杂，因为猝不及防，所以在我们眼中才显得更加意味深长和动人。

自然，如今，香港人听不懂、不会说普通话的历史，已经一去不复返了。

一些节日

在香港，意外地过了许多节日。

农历三月，某一日，浸大国际作家工作坊项目经理，也是我们的忘年交小友何小姐，带我们坐轻轨去青衣岛看戏。香港的朋友们热情好客，怕我们这两个外乡人生活寂寞，常常为我们尽心尽意安排这样那样的节目。起初，还以为那一日是和平日一样，在剧场里看演出，所以特地带了厚衣服，以应付过于恪尽职守轰轰烈烈的空调。却不想，哪里有剧场，原来就是空场中搭起的简易大棚，里面倒是灯火通明，丝竹袅袅，刚一出地铁口，远远地就听到了悠扬的乐声，在滚滚的热浪中若隐若现地颠簸着。何小姐说："听，就是这声音，一听就想起了小时候。"

平日里，大家都叫何小姐"简妮佛"，那是她的英文名字，自然，她的英语说得比普通话要流畅许多，因为说普通话才是近十年的事。除此之外，她还会说一口漂亮的西班牙语和葡萄牙语，80后生人，现在，这个"酷"而时尚的小白领、新新人类，却带我们来"看大戏"。

真的是看大戏，就像我们的童谣里唱的那样："拉大锯，扯大锯,姥姥家门口唱大戏。"那空场上的大棚,那棚子四周一个个烟熏火烤的小食摊,那蒸腾的人气,还有烛光和香火,一切都让我以为回到了内陆某个乡间。只不过,戏台上唱的不是北曲是南音,是我听不懂却依然觉得悦耳的粤剧,挂头牌主演的竟是在香港赫赫有名的当红小生盖鸣晖。

原来,那一天是真君大帝的生日,人们唱戏为他庆生。年年如此,在香江,那是个大日子。当然,更大更重要的日子则紧随其后,天后娘娘也就是妈祖的生日也在农历的三月。那几日,到处都能看到悬挂的彩幛:街头高大的现代感的建筑物、过街的天桥之上,横空出世地写着恭贺天后娘娘宝诞的敬语,红底金字,撞到我这个外来人的眼睛上总觉得有点时空倒错,不知身在何处。彩幛装点出城市一片节日气氛,自然,更是要唱戏,且要唱几天。

农历四月初八,这一天,全港岛放假,是法定的一个节假日。所以,香港的年轻人和孩子,不是只知道圣诞节而不知佛诞日的。这一天,有许多人,要坐船拥到长洲去,参加那里盛大的"太平清醮",也叫"抢包山"。这个名字我不陌生,我想,凡是喜欢《麦兜的故事》的人,对这个名字都不会陌生。"抢包山"这项活动,在香港已经有了一百多年的历史,年年四月初八,人们来长洲"抢包山",年复一年,所以,这一天,又叫作"包山节"。

再后来,就是端阳了。原来,不仅仅是佛诞日,清明、端阳、中秋,这些节日都是香港的法定假日。这一天,维多利亚港湾,还有这里、那里，都举行了热火朝天的龙舟大赛，这是独属于"端阳"的仪式，就像"登高"属于"九九重阳节"。自然是观者如潮。这一天的报纸、电视，龙舟大赛的盛况无疑都是新闻中的重头戏。这让我知道了这个节日在这座城市中的重量。

在此之前，我是说来这里之前，我从不曾想过，我会和这样多的传统节日，这样多的仪式，这样多的在内陆早已销声匿迹的神明相会。而这个地方，不是别处，是象征时尚和潮流、象征"与国际成功接轨"，也早已被我们符号化和简化为"文化沙漠"的国际大都会。

当然，在这里，这样的节日，从某种意义上说大约都是草根的节日。上流的精英们和"国际公民"大约是不过这些节日的。可它们的影响力、它们的生气勃勃、它们坚韧的烟火气家常气，仍然让我十分震撼。这不是为旅游准备的节日，不是为招商引资而开发的民俗表演，而是此地草根民众生活的常态、原生态，一代一代延续下来。也因此，在寸土寸金的中环，或者号称有欧陆风情的赤柱海边，林立的大厦中你能突然和一个小小的香火旺盛的土地庙相遇。我想，何谓传承？这就是——淹没在日常柴米油盐的日子里，被人间烟火气笼罩浸润，点点滴滴，却天长地久，血肉丰满。

去年的节目单

此刻,我手中正在翻阅着一些节目单,那是香港女作家陆离女士为我们搜集到的。一年前,当我拿到这厚厚一摞的东西时,离启程回家的日子已经没有几天。于是,我从这每一张花红柳绿的纸面上读到的几乎都是同一句话:"你错过了什么?"

在香港,时间是不够用的,作为驻校作家,丈夫要上课,要指导学生,要做一系列的公开讲座,要参加许多的文化活动,当然,也要有各种各样无法推却的应酬。而那时,我们又已经开始了新长篇《人间——重述白蛇传》的写作,所以,业余时间几乎是没有的。

当然,潜意识里,也从来没认为香港会在文化意义上带给我们什么惊喜。不像几年前在纽约,几乎每晚都要在百老汇、外百老汇、外外百老汇的剧场里,试图和一个令我们耳目一新、灵魂震撼的奇迹相遇。

但是这些节目单,纠正着一个人对一个城市的误读。

2006年,是易卜生逝世一百周年,这个日子,香港人没有忘记。我手中的节目单告诉我,五月至六月,这一个月时间,在香港有这样一些活动来纪念这位现代戏剧之父,除了在香港文化中心大堂举办的《易卜生逝世百周年纪念》的展览和讲座之外,其他演出计有：

易卜生戏剧《野鸭》，演出单位：香港戏剧协会，地点：香港文化中心剧场。

易卜生戏剧《玩偶之家》，演出单位：美国马布矿场剧团，地点：葵青剧院演艺厅。

另外，在牛池湾文娱中心文娱厅，一群前卫的戏剧人用另外的方式演绎着他们对这位大师的理解，那当然是小剧场探索的形式：

一个叫"春草剧坊"的剧社，演出《群鬼之家》。

一个叫"湛青剧社"的团体，演出《爱的喜剧》。

一个叫"捌秋壹"的戏剧工作间，演出《女流》。

一个叫"剧场休憩间"的剧社，演出《尖塔上的易卜生》。

一个叫"乱描舍"的小剧团，演出《玩偶之家》。

……

"捌秋壹""乱描舍"，这些奇奇怪怪的文字组合是什么意思，我不知道，但是关于这些团体本身，有这样的一些文字介绍，比如：

"乱描舍是由一群80年代大学毕业生于1989年成立，从他们具启发性和动人心灵的舞台作品，流露出他们富有文学及美术基础的独特背景和经验，及致力透过戏剧探索生命及人性的精神……"

由此可见，这是一些志同道合者集结在一起的先锋剧团，这样的剧团，在香港，不是一个两个、三个五个，而是，有相当的数量，散落在各处，也许他们有一个共同的名字：特立独行——特立独行地去面对一个强大的拜金时代。

请不要以为，五月和六月，易卜生就是香港舞台上的全部，不，远远、远远不是。假如我把手中节目单的内容全部抄录下来，那将是这篇文章的篇幅不允许的。此刻，我一张张翻阅，节目单上经典的芭蕾舞、宏大的交响乐，各种音乐会：钢琴独奏或小提琴协奏、法国歌剧、阿根廷音乐剧……我发现又一次与我擦肩而过。这仍然还不是五六月香港舞台的全部，再往下翻，我看到了，来自内地的京剧（孟广禄与袁慧琴他们）、秦腔（陕西省戏曲研究院）、昆曲（就是传说中的那个青春版《牡丹亭》，那天朋友为我们送了最好的戏票，可是由于有重要的活动，只能忍痛放弃），以及上海的评弹、成都的曲艺，当然还有香港本土的南音和粤剧。又一看，那赴港演出的"陕西省戏剧研究院"，竟都是熟悉的面孔，几年前，我和他们在黄土高原一个乡村庙会上共同度过了难忘的七天。我曾顶着烈日站在旷野中看他们的《武松杀嫂》《滚灯碗》《活捉三郎》，还有凄美无比的《断桥》。但是在香港，我们却失之交臂。

失之交臂的，还有黄仁宇。这也是最让我惊诧的，谁这么异想天开，居然能把黄仁宇先生的历史学术著作《万历十五年》改编成话剧？这出冠名为"大历史话剧"的演出，在五月的香港，一连演了十天，张居正、海瑞、戚继光和李贽，还有中国历史从兴盛走向衰败的大奥秘，在香港文化中心剧场，给了我足够的赴约时间，可是我错过了。

最后，特别要说明的是，几乎每一场演出，也就是每一张广告节目单后面，都印着这样一行文字：高龄、残疾人士、全日制学生及综合社会保障援助受惠人士，半价优惠。

我不知道，在内陆，2006年5月至6月，哪个城市能够拿得出和这个被我们称为"文化沙漠"的都城，同样丰富迷人的节目单？

2007年6月19日于太原

小事情

在香港,我俩还真有点居家过日子的样子,三天两头要跑一趟超市,买油、买米、买面,买肉蛋水果蔬菜和各种调味品,买早餐必不可少的无糖全麦面包和豆浆,然后,满载而归,权当负重散步。有几次,当我大包小包提在手里急匆匆赶路时,暮色苍茫中,一时间竟忘记了我"客居"的身份,还以为是要赶回家。

一个城市,无论大小,大约只有身在其中真的过起了柴米油盐平常的日子,才能渐渐知道它的冷暖深浅,就像和一个人终于有了缠绵与肌肤之亲。

我们所住的浸大"吴多泰博士国际中心",底楼有一座经营快餐的日式餐馆,那是我俩经常光顾的地方。有一日,预报台风要来,发布了预警的红色气球,却最终也没见到我想象中台风来临的壮烈场面。当然,风和雨是少不了的。那天我们被安置在紧临门口的一张台子上,那是朝向户外的一扇门,人来人往,门随时开开关关。被安置在这样的风口处吃饭也是无可奈何的事。起初我没有留意,后来我忽然发现,那扇门开了关,关了开,无论它开启得多么频繁,无论进出的人多么匆忙粗心,无论是拉是推还是拽,每一次,每一回合,它都忠诚地毫无疏漏地回归原处,严丝合缝,不留一毫的空隙和缺憾,不像平素在我的城市见惯的那些大大咧咧不拘小节的弹簧门(它大概是一种弹簧门吧,我想),那些门(电动门除外)常常关不严,总是喜欢在人的身后闹别扭,总要留着空隙发泄它的坏脾气。我看着这扇门,看它一百次开启,看它一百零一次关闭,兢兢业业,严丝合缝,尽职尽责,忽然生出敬意——是对这座城市的尊敬。

如今到底不是 20 世纪七八十年代,中国人无论出国还是出境,早已没有了昔日的那种震撼,他们有的我们也都有了。一样的摩天大厦,一样的高速公路,甚至更新更好;一样的 MALL,一样的旗舰店专卖店,就连太空,我们的神五、神六也去观光过了。所有的差别,其实都隐藏在细节之中。那年在美国住了三个月,回来时除了送人的礼物,我们给自己带回来的东西是什么?牙签!那种不唯包装精美,并且浸透了消毒药水的木牙签。在一根牙签身上,我看到了我们还有多远的路要走,而在一条弹簧一扇门面前,我则看到了一个城市的品质,看到了它对待生活的态度。

那天钟玲教授带我去看玉,我们走在星期天拥挤的佐敦道上,路过一家小店,门口玻璃罐里,卖着一样我再也想不到的东西:桃花瓣一样的粉嫩,小小的一座小宝塔,竟是小时候吃过的打虫药——宝塔糖!四五十年前,那是每一个中国孩子都不陌生的东西,那几乎就是我们可触摸的童年。而如今在我的城市,它早已绝迹,早已消逝得无踪无影,那是连我女儿小时候都没见过的东西了。可以想见我的惊喜,久别重逢的惊喜,与悠远的事物不期而遇的惊喜,就像他乡遇故知。我在它面前站了好一会儿,这一次,我心里涌起的,是对这城市的感动:为了它的不轻易抛弃,为了它的对不起眼小东西如此长久的珍惜。

在大多数国人眼里,香港是一个早已被定义的城市,所谓读书人和知识者,很少有人说自己喜欢香港。谁敢说自己喜欢香港,那就意味着他俗气和没文化。每一个踏上香港的观光客,大约都不是为了发现而是为了验证。起初我也一样,但是香港一点一点教育着我,让我在细微之处发现着它的真相,它的血肉精神,它的魅力,它的斑驳丰富,它的美。

2006 年 10 月 2 日于太原

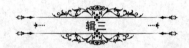

辑三

记忆的背影

拿到《花城》（2019 年第 4 期）新刊，许久不敢打开。

有点害怕。

怕里面的文字让我自己失望。

这五年来，我的生活距离文学、小说之类，遥远了些。最经常出入的场所，就是医院、医院，还是医院，北京的，山西的。山西那边的医院里，是我的父母；北京，则是我的丈夫。

起初，在最焦头烂额的时候，绝望的时候，偶尔，会有一些电话或者微信，谈约稿或者什么活动的事。我往往都要愣怔好一会儿，才能反应过来人家在说什么——那已然是另一个世界的事了。正常的世界，凡俗的世界，温暖的、亲爱的、鸡飞狗跳热火朝天的世界。只是，不再和我有关。

我在世界的那边。

我的父母，一个罹患阿尔兹海默症，一个则是脑梗中风。曾经,他们都是精明强干的医生,是聪慧的、经历坎坷、内心世界丰富的男人女人,但是在晚年,疾病使他们成为漆黑的、没有记忆的人。那真是可怕呀。我记得,母亲曾经多么努力地想打捞她的记忆。挽留它。她和我们出行,坐在车上,不厌其烦,像个学说话的孩子一样,大声地,念着车窗外她能看到的所有路标、招牌以及广告牌等,一个字一个字艰难地蹦出口。那种时刻,我愤怒地想叫,想喊,无助得想死。而其时,我并不知道,最深的黑暗、最深的绝望,还在不远的前面等着我呢:她终将遗失一切,遗失她的一生。

有数年时间,她躺在病床上,近似植物人,不会说,不会动,甚至不会吞咽,全身插满管子,鼻饲管、尿管、氧气管、呼吸机……我们把她残忍地托付给了现代医学。这个受托者,冷漠却兢兢业业履行着它的责任,有时甚至是在炫耀,炫耀它的强大和没心没肺。看,你活着,在喘气,还要怎样?

这种时刻,恐惧,几乎使我窒息。眼前这个被羞辱、被折磨、被摧残的暗黑躯体,是什么?是谁?母亲,还是我?还是世界尽头的真相?

我没有太多的时间了。无数次这么想。记忆完全有可能比我的身体先死。

没有人有无尽的时间,永恒的记忆。

那么整个人类呢?作为一个有灵的物种,地球上的族群,它有没有最终失忆的一天？或者，它干脆"进化"到不再需要记忆？

尽管，渺小如我，我仍然珍视我生命中某些时刻，某些印记。爱它们，或者，恨它们。

我往回走。走进青春的深处，也是人性的深处。

我必须溯流而上。水冷刺骨。疼痛刺骨。但是别无选择。

起初，这个长篇，不叫这个名字，叫《玛娜》。这是一个译音，当然也可以把它写作"吗哪"。它是《旧约》里的故事，摩西带领犹太人出埃及，行走在旷野之上，没有粮食，没有吃的，于是上帝就让旷野中长出一种植物，有白色的小果实，可以食用。这白色的救命果实就是吗哪或者玛娜。摩西和他的族群，历经几十年，就是靠着这叫吗哪的东西走出了旷野。但是这个白色的吗哪，这水灵的果实，只能随摘随吃，按需所取，吃多少摘多少，不能把它贪心地带回帐篷之中，据为己有。它在帐篷中过一夜，就迅速变质、腐烂，臭不可闻。

而我小说中的主人公，一个因爱情而盲目和痴狂的少女，就是窃取了原本不属于自己的东西，整个余生，被罪恶感所折磨和惩罚，陷入深渊。只有一次，仅此一次，她把吗哪带回到了帐篷，可变质的，不仅仅是白色的小果实，还有她灿如春花的生命。

当然，我也同样不敢心存贪念，以为我的文字就一定比我的生命长久。我知道，一定不会有多少人看到它们，阅读它们。我只是在模仿我母亲，就像她疾病初起时所做的那样，望着车窗外一闪而过的风景和各种招牌，大声地依恋地念出它们的名字，在终将失去它们之前拥抱它们，和它们告别。对它们说，谢谢你们给了我一个丰富的过往。

这是我写《你好，安娜》的初衷。

2019 年 7 月 18 日于京郊如意小庐

无限丰富的启示
——文学、家庭、社会

几年前,我和丈夫李锐曾经参加了一个名为"重述神话"的写作项目,并为此共同创作了长篇小说《人间——重述白蛇传》。在对这个中国人家喻户晓的神话传说故事的"重述"过程中,我们着重强调了一个有关"身份"的问题,小说中所有的人物几乎都陷入了一个"身份"的绝境之中:一半是人一半是蛇的蛇孩儿,为了在人群中掩藏他天性中的蛇性而备受磨难;无论怎样悲伤却只会笑不会哭的笑人,命中注定只能被人群判定为白痴;被使命和良心所绞杀的神圣的除妖者,以及无论怎样选择都必将是叛徒的男人,当然,最重要的,是那个选择了放弃"灵异"的身份而自愿做一个人间凡人的白蛇白娘子,我们强调了她的自愿放弃以及九死不悔,但她最终却没有逃脱被作为一个"妖孽"诛灭的悲剧性命运。应该说,我们赋予了这个老故事一些新的东西,也颠覆了一些东西。后来,有一天,一个年轻的女作家突然问了我们一个问题,她说:"我一直想不通一件事,白蛇为什么非要做一个人呢?她为什么非要生活在这么丑恶的人间呢?"

我们的小说中有这样那样的追问:对人性,对众生,对悲悯,对善恶,等等,但我们就是没有追问过,白蛇为什么非要做一个人。那是我们整个故事的基石,假如,这块石头动摇了,我们的小说也就倾斜和坍塌了。但,我要承认,从此,这个追问,这个大大的问号,如同一只巨鸟的翅膀,在我心里投下了影子。

中国民间的许多传说故事中,不乏这样的文本,一个仙女,或者一个灵异的妖精,因为羡慕人间,或是被一个人间的凡俗男人所吸引,于是,毅然下凡,为此演绎出了一幕又一幕感天动地的故事,比如织女和牛郎,比如七仙女和董永,比如白蛇和许仙。她们无论是天神还是妖孽,无一例外,都渴望在尘世间,在茫茫人海中,拥有一个家,一个小小的家园;她们共同的理想,朴素而简单,那就是在这个凡尘里,和爱人、孩子过男耕女织的家庭生活。为此,她们不惜触犯天规、天条,以及人间的律法,放弃她们神和灵异的身份,融入人世间。

毋庸置疑,赋予她们理想的,创造了她们的,当然是人自身。所以,与其说那是她们的理想,不如说是人的理想,民间的理想,草根大众的理想。拥有一个家园,过男耕女织的生活,这理想诞生的前提,首先,应该是对自己生存的这个世界的肯定、赞美,甚至是诗意化。但是,这强大的信心来自何处呢?这个现实的世界是可以寄托人的信赖的吗？在千百年来几乎不曾间断的战乱、灾祸、饥荒、苦难的重重笼罩之中，是什么力量，让人相信，这个世界的美好、现实生活的美好，足以吸引天上的仙女下凡、洞中的妖孽入世？一个安宁的家，男耕女织的平凡人生，有什么样的魅力，可以使光辉的神仙岁月黯然失色？或许，它并不平凡，它是世世代代苦难中人对"此世"的顽强期许、诉求、寄托和希望，是人对自己柔情似水的缠绵安慰，那是他们用自己的方式对地上天国的描摹。

一个家。男耕女织，丰衣足食，相亲相爱。

如此简单，却如此意味深长。

在中国文学中永生的一个家庭，首先应该是《红楼梦》中的贾家：荣国府和宁国府。这是一个贵族之家，在这里，"男耕女织"被置换为"金紫万千治国，裙钗一二齐家"的模式。只不过，作者曹雪芹借男主人公贾宝玉这块顽石的眼睛，清晰地、开天辟地无限伤痛地看出了，这个"诗书簪缨之家、温柔富贵之乡"的"他乡"本质。"家"以及它所代表所象征的一切，比如秩序，比如伦理，比如功名，比如富贵，不再是一个归宿一个理想，它们只是肉身只是皮囊的寄居地和驿站；而灵魂，则是终究会化成一缕轻烟，归于无迹，不知所往。生命悲情由此而生，中国主流文学诗歌中的一个重要母题就这样被伟大的曹雪芹引入了小说之中。于是，我们看到，世间最珍贵的东西：灿如春花的生命，洁白的青春，珍贵鲜活的少女之美,心心相印的爱情,这一切,在我们眼前,在这个被称为"家"的大观园里,毁灭、凋零。这里,"家"不再是一个理想,一个寄托,而是一个终结,一个叹惋,"忽喇喇如大厦倾",还有,"落了片白茫茫大地真干净"。

关于这个家庭,这部小说,二百多年来有太多的联想、猜测、评论、批评与赞美,由此而衍生的种种"红学"流派,无论是持何种观点,其实都是想找到这部巨著和诞生了它的那个社会以及时代的关系。时至今日,《红楼梦》仍旧是中国文学史上最大的一个谜。法国当代女作家帕斯卡尔·罗斯(Pascale Roze)曾经写过一篇小说:《给托尔斯泰的一封信》,其中有这样一句话,她说,"谁能肯定托尔斯泰收不到我的这封信呢?"这句话,让我震撼和深深感动。我也很想模仿她,给曹雪芹写一封信,我有太多的问题想问他,请教他,有太多的话想告诉他。但我知道,曹雪芹是肯定收不到我的信的;因为,我想,就像他创造的贾宝玉一样,他愿意自己的灵魂也化为轻烟,归于无迹,他不会让这个世界的任何人找到他。

在中国文学传统中,有一个重要的母题——乡愁:家和家乡,作为一个被想念、怀恋的对象,千百年来,被中国的文人墨客,反复不绝地咏叹着,有多少千古名句,活色生香地流传至今。诸如"日暮乡关何处去,烟波江上使人愁",诸如"浊酒一杯家万里,燕然未勒归无计",再诸如,"独在异乡为异客,每逢佳节倍思亲。遥知兄弟登高处,遍插茱萸少一人"……于是,中国的诗篇中,几乎处处留有"离人"的泪痕和感伤。它们穿越时空,一代又一代,濡湿了我们的心灵,牵动着我们的魂魄。那些春山、秋林,那些荒村、驿道,意味深长。"未老莫还乡,还乡须断肠","晓来谁染霜林醉?总是离人泪","人不寐,将军白发征夫泪","古道西风瘦马,断肠人在天涯"……千百年来,无数的离人,不绝地、坚韧而缠绵地咏叹着,怀想着,感念着,于是,他们永恒地咏叹、怀想的那个"家",那个"乡关",就不再是一个天南地北具体的地方,不再是山东或是山西,不再是一个具体的张家庄或者李家店,而成为一个我们中国人,或者,人类共同的故乡,成为一个可以永远让我们回望并寄托我们乡愁的地方。同时,我们也深知,那是一个我们这些"离人"、这些人类的孩子无法重归的故园,我们出来得太久了,也走得太远,所以,那咏叹,才如此震撼人心。

我生活的地方,黄土高原上的山西省,保留和开发了许多当年富商巨贾的"大院":王家大院、曹家大院、渠家大院等等,当然最为著名的当属"乔家大院",它因为同名电视剧和电影《大红灯笼高高挂》而闻名遐迩。这些大院,高墙深院,坚固、冷峻、端正、不露声色,和南方温婉而灵秀的建筑迥然不同。我想,这也是当年张艺谋把一个南方的故事移植了北方大院中的原因:他强调了那故事中的压抑、饥渴和封闭。一个大院就是一个家庭,一个家族。在多年的泯灭和寂寂无闻之后,这些大院中曾经有过的辉煌和荣耀、兴盛与衰亡,生活在这里的人们或壮阔或卑微或成功或惨痛的人生,渐渐如同岛礁一般浮出历史的水面。有许多次,我跟在导游的身后,走过一幢又一幢的院落,感觉着从那仍旧坚固的青砖缝隙中渗出的森森凉意,似乎触到了一点历史神秘的肌肤。大院犹在,而家族不存。也只有站在这重重院落的内心和深处,也许才会更加清醒地、清晰地意识到,"家"的模式,已经发生了怎样的改变。也可能才有更深刻或更困惑的追问,"家"到底是什么?

二十几年前,20世纪80年代,我和丈夫曾沿着晋省前人的脚步"走西口",徒步穿越了晋、蒙边界,曾经到过一处陌生人的坟茔。那是在内蒙古一个叫作"后大滩"的地方,坟茔里睡着的,是一个移民拓荒者家族几代的前辈先人。没有墓碑,没有任何标记,一片连天接地的空旷之中,几个坟墓组成沉寂的一小群。春天的阳光,彻照着,有一种辉煌的凄清和灿烂的荒凉。我俩静静坐在那几座不知名姓的坟茔前,乡愁和正午的阳光一起涌进我心里。直到今天,我仍然记得那金子般的阳光和我的感动,我想,这沉寂的、无名的坟墓应该是一座生命的纪念碑,纪念所有那些为了寻找家园而倒在路上的人。

2010年12月24日

本文系在中法作家论坛上的发言

我们正在失去什么

　　非常荣幸,能够来苏州大学"小说家讲坛"和大家交流,因为我知道,在我之前,来这个讲坛的都是一些著名的文学人物,可能只有我是个例外。我曾经和王尧先生,还有林建法先生开玩笑,说,你们怎么只请李锐不请我啊? 结果我来了。所以,我不知道我受邀是不是因为这个呼吁"平等"的激将法的缘故,当然,但愿不是。

　　我这么说,并不是我对自己没有信心。如果说,在今天还有名声、名气远逊于实力的作家、艺术家的话,那么,我肯定应该算一个。有人说,在今天,在媒体如此发达的时代,凡·高那样的悲剧不会重演了。不然。河南有一个画家,叫李伯安,生前默默无闻,死后他的画展震动中国甚至世界,被人称为天才。当然,我不是天才,更不愿意马上就死,所以,只好安于现状,"只问耕耘,不问收获"。

言归正传,我今天演讲的题目是《我们正在失去什么》,这个话题是这两年来我一直在想的一个问题,不过至今没有答案。所以,我今天告诉大家的其实是我的困惑,或者,说得严重一点,是我的痛苦。我不知道在座的年轻人、新新人类对这种古典的话题是否有兴趣,我女儿对我说过一句话,她说,妈妈,你知道吗?你不爱这个时代。当时我很震惊,我震惊她的一针见血。我想这可能也是我和在座各位的最大区别:我确实不怎么爱这个属于你们的时代,至少,我对它充满矛盾之情。

一 人的世界和物的世界

我想先从古根海姆谈起。

古根海姆美术馆是和美国现代艺术紧密联系在一起的一个名字。且不说它的藏品,就那座建筑本身,一诞生、一落成就曾经让世界震惊和震撼。惊世骇俗的事物,从来就是有人激烈抨击,有人热情赞美。我们知道卡尔维诺就是极力称赞和赞美的一个。卡尔维诺对古根海姆的赞美几乎达到了顶礼膜拜的程度。在20世纪80年代,作为一个文学青年,我们对现代艺术的那份崇敬,也几乎可以用顶礼膜拜这个词来形容。只不过,对我来说,和古根海姆的相遇,晚了将近二十年。2002年冬天,当我终于来到古根海姆时,我想我的震惊大概也不亚于当年的卡尔维诺,只不过,我震惊的是，从来没有一个时候，人类对于自己的表达会如此苍白贫乏。在一个充满想象力的建筑空间里，"想象"这种奇妙的能力正在退出人类世界。这种感觉，是我看完了正在那里举办的一个大型艺术展之后引发出来的，那个展览，似乎是关于人对于自己的重新发现这样一个主题，也就是身份识别和认同。这本来应该是一个非常有趣的、具有巨大挑战性的主题，是一个无限丰富的领域；可是，我看到的却是，毫无新意、似曾相识、众口一词的表达，无非是把"人"解构成肢体和器官，以后现代的名义，建构起一个肢体和器官的霸权，欲望的霸权。或者说，在人的身体上做尽文章，可最终却是让人感觉到，"人"似乎已经没有能力去用艺术的方式表达"人"的灵魂和情感、精神和思想，甚至人的身体。人正在用不容分说前所未有的暴力，将人自身驱逐出这个世界。

那天我非常悲哀。我没有想到古根海姆会让我如此困惑和失望。那天，纽约下着小雨，我特别想哭。雨中我们走进了"惠特尼"，我无意中撞见了一个我以前从不知道的画家，爱德华·霍普，我看到了他在 20 世纪五六十年代、也许更早一些的几幅画作，我被触动了：他笔下的夕阳、小镇、铁路、南加州明亮的早晨、慵懒丰满的女人，是正在"失去"的东西，他把"流逝"的瞬间和过程呈现了出来，他画出了冷峻的失去，有一种怪诞感，却非常动人。我不知道是不是我误读了他，反正，他深深感动了我，就算是误读，也是我需要的。

"失去"其实一直是我小说的主题和意象。20世纪80年代末，我的小说中已经出现了那种被放逐到了时代之外的人物，出现了那种生活中的"外乡人"。我曾经看过一个苏联电影剧本，名字记不清了，好像叫作《苦恼的女人》，影片中的女主角引起了我内心强烈的共鸣。她就是一个和急功近利的时代格格不入，固执地生活在时代之外，固执地想走回精神家乡的悲剧式人物。这个女人的精神气质后来成为我小说的底色，也决定了我小说的命运——80年代是一个大时代，而接踵而来的90年代是一个彻底的物质和欲望的年代，抛弃一切理想、道义和浪漫的年代，我的小说无论是对大时代而言，还是对一个欲望的年代而言，都是格格不入和异己的。我想这也是我不在任何一个文学思潮和文学流派之中的重要的原因吧。

二　属于我们的是什么

还是要说到美国之行。从美国回来，有一些改变是在不知不觉中发生的。比如，从前那些无法进入我创作视野的东西，如今忽然有了意想不到的魅力，像《在传说中》《想象一个歌手》，特别是《在传说中》，假如在几年前，这种民间传说之类的东西，是绝对被我忽视的，因为我从不知道，也没想过它们对我的意义是什么。

作家成一曾经把那些有模仿痕迹的文学作品称作"副本文

学"，遗憾的是，新时期以来，许多引起反响、被批评界所关注的，常常是这种"副本"的效应。如果没有一个"正本"的存在，批评家似乎就会失语。这种状况其实不仅仅存在于文学界。2002年秋冬，参加美国爱荷华大学"国际写作计划"的中国人一共有六名，是有史以来最庞大的一次。这六个人中，除了李锐和我是写小说的之外，还有诗人西川、先锋戏剧导演孟京辉、编剧廖一梅以及雕塑家姜杰，这次经历对我而言是非常难得的，因为即使是在国内，也很难让这样一群从事不同行当的艺术家聚在一起，就算聚在一起，也根本没有那种能够就一个严肃的话题深谈下去的纯净的氛围。那段时期，我好像又回到了20世纪80年代，中国文学和艺术复兴的黄金时代。我们六个人，几乎天天晚上，聚在聂华苓老师的家里——建在山坡上的鹿园，谈话、讨论、争论，一谈就谈至深夜甚至黎明。我们这几个人，虽然从事的行当不同，可是大家发现，我们面对的问题和困惑是一致的，那就是，在这个"全球化"的语境中，我们怎么样发出属于自己的声音，我们怎么样表达属于自己的真实的处境和情感——这种严肃和激情，是我久违了的。所以我现在特别怀念那些留在鹿园的美好的夜晚。

孟京辉把一些类型化的作品称作"摸脉"之作，这样的作品，无论是电影还是美术，真是太多太多，这样的处境，也不仅仅是中国的作家、艺术家所需要面对的。记得西川第一次从纽约回来，他说了一句话，大意是，到了纽约之后，你会发现，纽约好像是一个大批发商店,全世界的艺术家要做的,好像就是从纽约把东西批发回去零售。面对全球语境中的英语强势,每一个非英语国家的作家、艺术家,其实都有一个怎么样发出自己独立声音的严峻现实。

就拿"身份认同"来说,这个话题很大,是一个理论的问题。"理论"从来都是我的盲点,所以,在这里,我要说的不是"身份认同"的理论,而是我看到的现状。大概是 2003 年,奥斯卡把它的最佳动画片奖给了日本的宫崎骏,这是奥斯卡第一次把这个奖项颁给外国人。后来我看了他获奖的影片《千与千寻》,我有点明白他为什么获奖了。《千与千寻》讲的其实也是一个身份识别、身份认同的主题,这是一个公共的语言,是一个美国人听得懂并感兴趣的语言。只要贴上"身份认同"这个标签,似乎就领到了一张通行无阻的"护照"。虽然宫崎骏的动画形象很东方,可我觉得他只是使用了东方的元素讲了一个西方的故事。这样的例子几乎不胜枚举,我曾写过一篇小文章,叫《看阿仙》,就是讲我在纽约看到的一个展览,阿仙是一个中国艺术家,后来到了澳大利亚,我们在纽约无意中撞见了他的个展。他用陶瓷烧出了一尊尊人像,大多是半身,也有全身,这些人像毫无表情,秃头,面目不清,甚至不辨男女,可是裸着的身上,却布满极其艳丽的图案,那都是最经典的中国瓷器上的图案,或是青花或是粉彩的中国山水、人物、花鸟鱼虫。他把经典的古老的瓷器上的图案移植到了人体上,看上去又怪诞又奇异,给人的感觉十分强烈。看得出,这位艺术家是有想法的,只是我觉得,这种过分符号化的表达仍然显得简单了一些,仍然有贴标签的嫌疑。

那段日子,我们几个人聚在一起必然讨论或者争论,争论的焦点之一就是:我们不要贴标签式的表达。那么,我们要什么?那时我并没有想到这争论会对我的创作产生什么样的影响。回来后,2003年春节,我很偶然地听我多年不见的姑姑讲了几个关于我家乡开封的传说,虽然只是几个小片段,但是我突然很兴奋,从前,这一类的故事也不知听人讲过多少,但从来没有让我这么兴奋过,我闭上眼睛仿佛就能看见那两个和孩子们一起嬉戏玩耍的可爱的小泥胎。春节过后我就写了《在传说中》。后来,我和李锐到北京,又见到了京辉和一梅,他们问我在干什么,我说我写了一个中篇。然后,我说,假如我不去美国,我大概不会写这个中篇。孟京辉当时问我,为什么?还真把我问住了。我想了一想,告诉他,因为美国没有鬼。

当然,好莱坞也许有一些讲吸血鬼的电影,但我觉得,那不是我们文化中的鬼,它是能够从生活中剥离出去的东西。而我们的文化则不同,中国的孩子,当然,是到我们为止的孩子们,哪一个人不是听着鬼故事长大?在我们的童年经验里,"鬼"几乎无处不在。这是一种特别的记忆。我记得莫言写过一篇文章,非常动人,他说有一天晚上赶夜路过河,一群小红孩儿从水里钻出来,说:"过不去过不去……"一直到天亮小红孩儿才消失。后来李锐告诉我,费孝通先生早在20世纪40年代就在他的《美国与美国人》中,说过这个结论:美国没有鬼。他把书找出来给我看,果然,费孝通先生从理论的层次、从社会学的层次阐述了这一见解,比我说得透彻多了,他说:"我总觉得他们的认取传统,多少是出于有意的,理智的,和做出来的。这和我们不同。我之所以这样感觉的理由,因为我发觉美国人是没有鬼的。传统成为具体,成为生活的一部分,成为神圣,成为可怕可爱的时候,它变成了鬼。"他还说,"生命在创造中改变了时间的绝对性:他把过去变成现在,不,是在融合过去、现在、未来,成为一串不灭的,层层推出的情景——三度一体,这就是鬼,就是我不但不怕,而且开始渴求的对象。"他甚至说,"能在有鬼的世界中生活是幸福的。"

同学们千万不要误解,以为写鬼、表现鬼,就是我们对于自己独特的表达。事情不会那么简单。我要说的是一种清醒和自觉,是意识到强势话语对我们文化中有魅力的东西的遮蔽。其实,我们这一代人,20世纪五六十年代生人,或者,比我们更大一些的人,已经是和传统断裂的一代了。我们对于传统点点滴滴的接受,不是来自庙堂而是来自民间,比如鬼故事,比如我奶奶告诉我的关于过年的种种禁忌和习俗。现在,连这些也正在一点一点失去。我不知道我们还剩下什么?我们还能挽留住什么?难道我们只剩下那些作为旅游资本的伪民俗了吗?想到这些常常就感到很悲哀,觉得自己好像承受着旷世的孤独。

新时期以来,中国文学对于西方的借鉴,是非常自觉和积极的,几乎是一种全盘的输入,但对于我们自己的资源,我们自己文化和文学传统的资源,则是漠视的。20世纪80年代,我们这些文学青年,一说我们自己的文学资源,以为就是章回体,就是白描。那时我们觉得无论是章回体还是白描,都根本无法表达现代人复杂的情感。这就是我们当初抛弃它的合法理由。但是,直到今天,我们其实也没有完全弄明白,从审美的意义上看,中国文化和文学传统中最有价值的资源是什么,或者说,它对世界最具独特性的贡献是什么。

有时候我瞎琢磨,我想,从文学的角度看,中国传统文学对世界最独特的贡献在哪里呢?我这样想:不是关于苦难的表达,表达人类的苦难和苦难感,俄罗斯作家达到了极致,比如陀思妥耶夫斯基;也不是关于爱情的表达,表达爱情,全世界有很多的经典,或许,法国作家将它推向了极致,比如雨果。那么,属于我们的最独特的贡献是什么呢?我想,是乡愁和巨大的生命悲情。这一点,无论在中国的诗词、戏剧,还是小说——比如《红楼梦》中,表达到了极致。全世界没有任何一种文学,能像我们一样,将乡愁和生命悲情,高度意象化、象征化,成为整个民族灵魂的印记,这显然是无人可以企及的文学高峰。

这大概就是中国文学在人类的精神史和情感史上的不可取

代性吧。

但是有人问我,意思是这种古典的悲情和现代人的精神世界有什么关系?我想是这样,在一个科技至上的时代,对于狂妄自大百无禁忌的现代人来说,这种生命悲情的提醒,无疑有着警世恒言的意义。那就是,我们是人,不是神;还有,在这种幻灭的伤痛中,其实有着对生命无穷尽的大爱。

《双城记》的开头那段话,用在对于今天对于当下的描述应该是很精彩的,"那是最美好的时代,那是最糟糕的时代;那是智慧的年头,那是愚昧的年头;那是信仰的时期,那是怀疑的时期;那是光明的季节,那是黑暗的季节;那是希望的春天,那是失望的冬天;我们眼前应有尽有,我们眼前空空荡荡;我们全都在直奔天堂,我们全都在直奔相反的方向……"毋庸讳言,我们在获得的同时也在无可挽回地失去。作为我,正如我开头所说的那样,是一个固执的凭吊者,我凭吊那些失去和正在失去的美好与珍贵的东西,或者说,我记忆"失去"。

谢谢大家。

2005 年 3 月 7 日

本文系在苏州大学"小说家论坛"上的演讲

藏在心里的田园

——女性写作与绿色生活

十年前,在纽约古根海姆美术馆,我曾看到这样一个展览:一群美丽窈窕的女模特,被关在一间华丽的、流金溢彩的大厅里,她们集体赤裸着,一丝不挂,脚上却穿着一双超高的、时尚的高跟鞋。摄像机的镜头,暗中监视着她们,就像一双偷窥者的眼睛。起初,高跟鞋使这成百上千名裸女保持了习惯性的优雅姿态,T型台上的那种姿态,挺拔、傲然,但随着时间的流逝,她们站累了的双脚开始觉醒反抗,开始试图挣脱高跟鞋的桎梏,开始放纵自己的身体,开始用各种不雅的、近乎隐私的姿势让身体尽可能自由自在地松弛、懈怠,于是,高跟鞋这件寻常的东西变得诡异,而它存在的意义则被解构了。或许,是更加凸显了出来。

我忘不了这情景带给我的震撼。我问自己,高跟鞋是什么?我不能确定创作者的真正意图;但它确实让我看到了,生活中司空见惯的事物里所隐藏的秘密,以及,令人警醒的暗示。那就是,任何一样貌似美丽的东西都有可能是一个陷阱，它们使"自由"陷落。至少，在这里，我以为，高跟鞋隐喻了枷锁——物质和欲望的枷锁。它在某种意义上锁住了我们的肉身以及精神。

"绿色生活"这个词，首先，使我想到的是"田园"。在中国文学中，或者，在中国文化中，田园，是中国文人最后的归宿，或者人生的理想。"归去来兮，田园将芜胡不归？"因为，那不仅仅是一种"戴月荷锄归"或者"采菊东篱下"的诗意生活，更是一种对于心灵自由的追求。"既自以心为形役，奚惆怅而独悲？"这种对心灵的解放，让心灵从物欲的压迫下自由挣脱，我以为，是任何时代、任何空间，所谓"绿色生活"的真正内涵和灵魂。

所有人都知道那句话，所有人都喜欢引用那句话，"人应该诗意地栖居"。其实，这句海德格尔的名言出自何处，我不知道。我只知道这句话如今早已被小资们庸俗化成为某种情调、腔调的代言。而海子用他年轻天才的生命，在令他绝望的大地上书写的那句"面朝大海，春暖花开"，则成了房地产商高端楼盘的广告。不错，在属于我们的时代，在今天，拥有一个真实的田园，拥有竹林、菊花，拥有夕阳下的虫鸣鸟唱，早已是生活在钢铁与混凝土森林之中、为一小套"蜗居"而终身沦为"房奴"的人群一种奢侈的梦想。被高大的建筑物、被泛滥的物质和千人一面的"标准化"挤压着、塑造着的现代人，拥有一个精神的田园就显得尤为珍贵。

几年前，我丈夫去日本访问归来，给我讲了这样一件事情。

150

有一天，黄昏时分，他和一个朋友在大阪的街头闲逛，无意中闯进了一条叫作"法善寺横丁"的小巷。不用说，那小巷，因法善寺而得名，但此刻，时间已是傍晚，来寺庙旅游的观光客散去了，幽深的小巷终于回到了日常生活的宁静之中。苍茫暮色里，只见路边一尊石佛前，安静地排着一队小长龙。一望而知，他们应该都是本土的居民：老人、孩子、妇女，还有拎着皮包刚刚下班的白领职员。他们安静从容地排在那里，等待着完成一个仪式：每个人走上前，从一只大木桶里舀一瓢清水，虔敬地浇在石佛的头上，然后双手合十默默祈祷。无数的人，无数瓢清水，无数个这样的夕阳西下的黄昏，那石头佛像，竟不可思议地长出了碧绿的青草，变成了一尊被茂密的青草覆盖的草佛！石头开花的奇迹就这样出现在我丈夫眼前，这个外乡人的心里慢慢升起了一种感动，为这种对生活的珍惜和古老的尊敬。他说他在那一刻看见了日本的隐私，看见了近乎永恒的对于美好生活的执着与祈盼。这份执着的力量足以让冰冷的石头盛开鲜花。

我也很感动，为这尊开花的有生命的草佛。

我想，写作，对于我，就是一种在精神上努力甩掉"高跟鞋"、努力挣脱桎梏和枷锁的自觉，飞翔的自觉，我认为这是"绿色生活"的前提，无论这桎梏和枷锁叫作"贪婪的欲望""物质暴力"还是别的什么。我希望用自由的写作来完成这样一个仪式，一个过程，就像用一瓢一瓢的清水，浇灌石头，一瓢一瓢，一下一下，年深日久，看它慢慢、慢慢被青草覆盖，慢慢、慢慢变成一尊夕阳下生机无限的草佛。这是我藏在心里的田园，也是我绿色生活的归宿。

曾经，受某个"行为艺术"的启发，我忽发奇想，想在此生完成这样一件事情，那就是，我想走遍中国大地，随便在任意一个城市或者乡村，任意一个街头或者村寨，任意一个小巷或者港口、码头，随便拦住任何一个陌生的行人，一个老人、孩子、少女或者青年，请他或她读一段我手中的《红楼梦》。用各自不同的声音，苍老的或者青葱鲜嫩的，颤抖的或者蓝天般明快的，用各自不同的方言，南方的或者北方的，海边的或者高原之上的，从第一回第一行开始，接龙阅读，可以是一句，可以是一段，一直读完一百二十回。我用录音设备将这些声音珍藏起来，这些朴素的、天然的、绿色的声音，然后，我这样为它命名——中国好声音！这一定是一个漫长的路程，一个漫长的仪式，就像用一瓢一瓢清水，浇灌石头，但，我有耐心，因为，我相信奇迹。

2013 年 10 月 12 日于太原

去马坡

笛安开车,我们去马坡意大利农场。

这是我第二次坐她的车,她这个司机,绝对崭新出炉,开车的历史不满一个月。头一次坐她的车,是此前二十多天,那天她第二次离开陪练独立开车,我坐在副驾的位置,她戴好墨镜,挺直腰板,气定神闲地对我说:"妈,你帮我看着点儿右边的车,我顾不上看。"顿时,我的冷汗就下来了。

那天,是甲午岁末,腊月二十九,北京城马路上车流明显减少,但我们的目的地,是最热闹的东单金鱼胡同一带,所以,一路行来的各种状况,还是足够我魂飞魄散。但那个新司机始终是淡定的,面不改色,鄙夷着我的惊慌,说:"只要如意不在车上,我就一点也不害怕。"如意是她的女儿,于是我回答:"可是我的女儿在车上啊!"

这一次,她的驾驶技术有了明显的长进,我们沿着潮白河走,长长的右堤路上，北方的杨柳开始吐绿。比起喧闹的城里，这条路偶尔还是有安静的时候。有一年国庆期间，李锐开车，带我去宋庄看一个朋友的画展，走的就是右堤路。那天，这条路上总是过往的大货车，大概因为长假的缘故突然绝迹，浓荫蔽地的一条乡间长路，寂静无声，明澈的阳光透过树叶，影影绰绰洒下来，竟然有一种久违的老时光的悠长精美。就是从那一天起，喜欢上了这条乡间公路。

但坐在女儿的车上，起初仍然免不了紧张，觉得右堤路变得好窄，迎面过来的每一辆车都有一种凶险的疾速。好在是河岸边熟悉的路，好在过往车辆还不算多，车窗外的景色也毕竟有了一些乡野间的春意，渐渐也就松弛了一些。我们说着闲话，我说，我喜欢乡村公路，她说，那是因为你不开车。我问她喜欢开车吗？她回答说，喜欢。这让我意外。我始终以为她是被迫去学开车的。

"我尤其喜欢在高速公路上开车。"她这么说。

她说，有一晚她从机场高速开车回家，一路畅通无阻，车灯照着安静的路面，车里放着她喜欢的音乐，那感觉很奇妙。"那时候真觉得高速公路有一种善意。"她说，"好美。"

我非常惊讶。

高速公路，这些年来，实在是走得不少，中国的，外国的，内陆的，港澳的，连接湖海的，通往山区的……尤其是我所生活的省份,高速公路披荆斩棘穿行在千山万壑之间,乘车走在上面,有一种真心的赞叹,赞叹我们的路真是越修越棒。但,认真想想,它却从未让我动过情。对我而言,它不同于乡村公路,它永远只是物质,不是生命。

年轻时,在我还没有见过高速公路的时候,曾经读过一篇小说,叫《铃兰空地》,是法国作家米歇尔·图尼埃写的一篇充满象征寓意的作品,隐约记得,主人公是一个长年行走在高速公路上的货车司机,偶然地一次阴差阳错,他驶离了高速公路,在一条乡村公路深处,发现了一片美好的林间草场,这就是铃兰空地了。自然,在这美丽的空地上,是要发生故事的,但故事的内容,一点也不记得了,只记得,这是一个悲剧。还有,那就是,铃兰空地和高速公路各自所象征的东西:前者,是自然,是理想或者说幻象,是人类回不去的精神家乡;而后者,则是远离了自然之美的现实,是每个现代人都无法逃脱、无可选择的冷酷宿命。这样说太简单了些,但先入为主地,我似乎已经为我还没见过的事物做了一个判决。

渐渐地,高速路就来了。

山西的第一条高速公路,叫太旧路。"旧"是旧关,太行山的一个旧关隘,娘子关。这条路全程穿行在太行山千山万壑之中,有着数不清的隧道和凌空飞架的大桥。从前,从我的城市去北京,坐火车要十多个小时,而有了这条路,坐大巴只需六七个小时,且半小时发车一趟,去北京,真就成了可以"说走就走"的旅行。那种惊喜,至今记忆犹新。

随着高速路的到来,生活不由分说地改变着,我们对空间和时间的概念改变着,对世界的认识在改变着。这改变,似乎与古典的美感、与诗意、与温情日益遥远。至少,我是这样认为,或者说,我和许多的人都这样认为。记得女儿曾说过一句话,她说,"妈妈,你不爱这个时代。"我回答,"对。"可其实我是困惑的。是,我不爱这个以高速路为代表的时代,可哪个时代是我爱过的呢?换句话说,我不甘心做城市之子,可也远不是一个自然之子啊。

我爱那些远去的、正在消逝或已经消逝的东西,我爱河山,爱蓝天,爱田野,爱无垠的大森林,爱我从没有见过的广袤而荒凉的西伯利亚,爱一切残破却有时间痕迹的东西……但我爱得很抽象,是审美意义上的爱。记得读沈从文先生的小说和散文,爱上了湘西,爱得一往情深。20世纪末,有一年终于有机会去凤凰了,好兴奋。正是秋高气爽的季节,橘子熟了,公路边到处都是卖橘子的。抵达凤凰时,天在下雨,去拜谒沈从文先生的墓地,就是在绵绵秋雨之中。通往山坡的路,因为雨变得泥泞,大坨大坨的牛屎,盘踞在泥泞的路上,几乎无处下脚。短短一段牛屎路走下来,湘西的美,在我心里就打了折扣,变得有些暗淡。至少,在我回忆它或者向人赞美它的时候,心里总有一点暧昧的犹豫和羞涩。我想,我还是更爱沈先生笔下的那个湘西,而不是这个真实的地方。

《红楼梦》里有一回"大观园试才题对额",贾宝玉不喜欢"稻香村",被贾政斥责为"无知的蠢物",说他只知朱楼画栋、恶赖富丽为佳,哪里知道这清幽气象?他甚至感慨,此处唤起了他的归隐之心。宝玉不服气,据理力争,批评"稻香村",说它不天然,"远无邻村,近不附郭,背山山无脉,邻水水无源,高无隐寺之塔,下无通市之桥,峭然孤出,似非大观",是人力穿凿扭捏而成。贾政只有怒喝"叉出去!"

想想,生活在今天的我们,说自己热爱田园,热爱古朴幽静的自然,已成政治正确的时尚。但我们向往的,其实很可能只是一个大观园中的"稻香村"。或者说,也只剩下这样的"稻香村"来安放我们的田园之梦。女儿不同,女儿宣称,她不是自然之子,且永远也不会做自然之子。所以,她才能没有负担、没有任何道德障碍地、全心全意融入这个她生活其中的时代,切肤地爱它,切肤地恨它,并且用审美的眼睛,在那些冰冷的、被现代科技所创造出来的事物之上,发现我永远也发现不了的美感和善意。

意大利农场到了。去那里,是为了买农场自制的各种小菜和面包饼干,还有我们喜欢的一种智利产的白葡萄酒。顺便,女儿在餐厅吃了纯正的意大利披萨,而我,因为吃过了午饭,就坐在女儿对面,点了一杯饮品,看她吃。

这里,还有很多绿色的好东西,比如,自酿的果酒,树上的各种果实,自产自销的蔬菜、鸡蛋,还有土耳其蜂蜜、荷兰奶酪、意大利橄榄油以及各种火腿香肠……很多人在假日带着孩子来这里亲手采摘。确切地说,此地亦是一个触手可及的、人力穿凿而成的"稻香村",供如我这样心有不甘的都市人画饼充饥。与此同时,真正的古村落、村庄,真正"暧暧远人村,依依墟里烟"的美景,正在我们的土地上凋零,衰落,一日千里,无可奈何地成为一座座荒村、废墟。我们心疼地高唱挽歌,却没有一个人真的甘心回头。

想问的是,我们这一代人之后,还会有人为河山伤心吗?

2015 年初春于京郊

纪念一些时刻

差不多二十五年前,我和丈夫李锐沿着前人的脚步走西口,徒步穿平鲁,走右玉,出杀虎口,曾经来到了一处陌生人的坟茔。那是在内蒙古一个叫作"后大滩"的地方,坟墓里沉睡的,是一个移民拓荒者家族几代的前辈先人。没有墓碑,没有标记,一片连天接地的空旷之中,五个坟墓组成沉寂的一小群。春天的阳光彻照着,有一种辉煌的凄清和灿烂的荒凉。我俩静静坐在这几座不知名姓的坟茔前,乡愁和正午的阳光一起涌进我心里。我想,那应该是一座生命的纪念碑,纪念所有那些为了寻找家园而倒在路上的人。

还是二十多年前,我独自一人回我母亲的家乡,那是在山深林密的伏牛山区,伊水无比清澈,景色奇美。一辆破旧的长途汽车在山道上蜿蜒盘旋,渐渐深入山的内心。忘了是什么原因,汽车抛锚了,坏在了山道上。千山万壑抱着这辆静止不动的破车,斑斓而静谧的秋林抱着这辆小小的破车，没有了发动机的干扰，突然之间，鸟鸣声铺天盖地。一只鸟悲伤地叫着，"王——刚，王——刚"，千百只鸟都这么悲伤地叫"王——刚，王——刚"，像是在呼唤一个什么人，一个一去不归的人——那是山的秘密，人永远不会知道。我的眼睛湿了，为大山的神秘、神奇，为它庄严的拒绝，还有，美。

十多年前，女儿还是个小小的初中生，个子也是小小的，突然之间迷上了诗歌。有许多个夜晚，在她做功课的闲暇，喜欢给我读诗。某一天，应该是个冬季，我俩并排躺在她的小床上，在温暖的灯光里，叶赛宁来了。

> 我离别了出生时的老屋子，
>
> 告别了天蓝色的俄罗斯……

这两句诗，从此，就像刻在了我的心里。我不知道它为什么如此地打动我，让我体会到一种清香而柔软的心痛。后来，女儿离开了家乡，漂洋过海，到异国求学，一走八年，八年中，我不记得有多少次，醒着，或在梦里，听见女儿用她当年稚嫩的声音，为我吟诵这两句诗——原来，那是一个命运的隐语。

2002 年，我们一行六人，来自中国的作家、诗人、导演、剧作家，还有画家，突然在这个秋天，相聚在美国爱荷华河边那个叫作"鹿园"的地方。秋天是这个小城最美丽的季节，城里城外的树，在我们眼前一天天变黄、变红，变得如诗如画。几乎每个夜晚，我们都在鹿园聚会,喝着主人聂华苓老师为我们准备的茶和酒,话题却是十分真诚和严肃的,就像回到了 20 世纪 80 年代,审视心灵,尊重和诗有关的一切。我们奇怪地在异国他乡完成了一次逆着时光的精神旅行。我们聊得那个热烈啊!常常,忘了时间,深夜乃至凌晨,才余兴未尽地下山,沿着爱荷华河,徒步走回我们的住地。夜色中,河水是黑色的,从容安静,缓缓流向那条著名的大河——密西西比河。这样在河边夜行,迎着拂面的河风,我常常有种错觉,以为那扑面的水腥气就是密西西比河的气息,壮阔而辽远……迄今为止,那是我走到的最远的地方。

这篇小说,就是为了留住这些对我而言无比珍贵的时刻,诗意的时刻。

或者说,我用小说向我的 80 年代致敬。对我而言,那永远是一个诗的年代:青春、自由、浪漫、天真、激情似火、酷烈,一切都是新鲜和强烈的,无论是欢乐还是痛苦,无论是身体还是灵魂。同时,它也是一个最虚幻的年代,因为,生活似乎永远在别处。

我不知道韩国读者能否了解这样一个"80 年代",但我想,人性和禁忌的永恒冲突、青春的美与壮烈、谎言和信守、毁灭与至痛的生命悲情,这一切,是无处不在的。我的陈香、叶柔,我的莽河、老周们,还有我的小船,千里万里,从我的家乡黄土高原来到了汉江边,他们又一次行走在了路上。我不能预知他们将有怎样的命运,但我毫不怀疑,在某一个秋天的黄昏,如洗的蓝天下,也有一棵叶子金黄的银杏树或是其他美丽的树,会和他们突然遭遇。那种纯粹的、辉煌的、善意的美,一样会使他们深深感动:这就是我的期待。

有的人终其一生注定要行走在路上,他们是我们的翅膀。

2010 年 11 月 2 日于太原

本文系韩版《行走的年代》后记

遍地西街

那天，是在一个叫作"砥洎城"的古村落里，接到了《中篇小说选刊》编辑的短信，说要选用这篇《朗霞的西街》。

砥洎城，是我们这座黄土高原省份无数座古村落中小小的一座，它紧邻洎水，也就是沁河，是当年为抵御战乱而修建的一座城堡式建筑。这样的城堡，在我们的土地上星罗棋布，它们以残缺而沉默的挺立，为"灾难深重"这样的词汇做着最确凿的注解。

我想，它也应该拥有一条西街。

在中国北方的小城，或是村庄，叫"西街"的街道，想来一定纵横如河网。这个名字，作为一个街名，纯属信手拈来，不费一点气力。我让我的故事发生在这样一个普通到不能再普通的街上，可能是想说，这样貌似传奇的故事，这样足够离奇的命运，其实在某种意义上，极有可能发生在任何一个人身上。这遍布北中国大地的"西街"，那些辙迹深深的青石板或者青砖之下，曾经埋葬了多少类似这样的故事啊。

最初听说这个故事，是在将近二十年前，我的一个朋友偶然说起她家乡当年闹"白毛鬼"的奇事，那时她还是一个少女，懵懵懂懂地听人说破获了一个大案:原来那个"白毛鬼"是多年来被妻子藏在后院地窖里的国民党军官! 记得那时我说不出有多么震惊。不是一天两天，不是一月两月，而是无数个昼夜，许多个年头，就在无数双无处不在的"雪亮的眼睛"之下，居然隐藏了这样一个惊天动地的大秘密。朋友说，记得枪毙"白毛鬼"那天，全城的人都出动了。而我，则一直不懈地追问一件事，就是，那个女人怎样了? 他妻子怎样了? 也许，比起那个"鬼"，更让我揪心的是这个事件中另一个主角——那个女人那个妻子的命运，朋友则抱歉地回答说，不记得了。

于是，我只有在想象中，一点一滴地回答我自己。于是，就有了故事中的马兰花。

我的马兰花，八年如一日，怀揣着这样的危险，这样的隐情，这样恐惧的大秘密，却能在每一个白昼，在不容任何遮掩的酷烈的阳光下安之若素。她是怎样做到的? 她经受了怎样的折磨和煎熬? 我不知道。假如，二十年前我来写这个故事，我可能以为自己什么都知道，当然那就是另一个马兰花了。如今，我则愿意这样静静地走近她，感受着来自她生命深处的巨大的悲悯，如同光一样，吸引我和她一起，有勇气去看一眼横在她亲人、也横在我们每个人面前的深渊。

　　在强大的、不容分说的命运面前，一个卑微的人最大极限的挣扎，原来可以是这样壮烈，如同凄婉的神迹。当然等待她的只能是毁灭。她别无选择。我也一样——我没有权力改变一丝一毫的结局。面对她的毁灭，我只能让她的魂灵、让她的牵念永远在那小城的西街上徘徊游荡。

　　　　　　　　　　　　　2013 年 8 月 2 日于女儿生日之际

西街与我

　　对我的创作比较了解的读者,可能会记得,"西街"的故事,不是第一次出现在我的小说中。早在 2001 年,在我的中篇小说《鲜艳的季节》里,我曾通过女主人公之口,讲述过一个隐藏在菜窖里的"白毛鬼"的故事。那时,我刚刚听说了这个故事不久,内心非常震撼,而故事发生的地方,又恰恰是我的女主人公生活过的小城,于是我让这故事成为她成长的一个背景。

　　当然,也是因为那种新鲜的震撼,没有经过沉淀、发酵,我还不能够洞悉它的隐秘,不知道它到底能够带给我什么,所以,它还只能是一个片段或雏形。

　　但,这个故事,我一直没能忘记和释怀。当初,给我讲这个故事的,是我的一个好朋友,那是发生在她生活过的晋中某小城一个真实的事情,在她童年时,有一段时间小城闹鬼,风传有一个"白毛鬼",夜深人静时出来游荡,曾被人偶然撞见。后来,破案了，真相大白，原来是一个国民党的军官，多年来，就藏在西街他们家后院的菜窖里，不见天日，渐渐地，须发皆白。藏他的人，是他的妻子……我问，后来呢？朋友说，好像是枪毙了。我又问，那他妻子呢？家人呢？朋友回答不上来，说，不知道，那时我还是个孩子啊！

假如，你要是见过北方小城所谓"菜窖"的话，你才有可能理解我的震惊和震撼。那就是平地挖下去的一种洞穴，盖上盖子，不可能透进一丝光亮和人间的气息。活埋，这是我能够想到的最准确的形容。一个活生生的人，一个生灵，在坟墓里、在地心里活埋了几年甚至是十几年，是多么恐怖、无奈、悲哀、绝望的事……我是一个有幽闭恐惧症的人，所以，让我耿耿于心的，不是逃逸或隐藏——众所周知，古今中外，为了某种理由而藏匿的故事太多太多——而是如此残酷的活埋般的隐藏方式。

同样让我不能释怀的，是关于他的家人。在那样一个严酷的时代，怀揣这样一个罪恶的大秘密，杀头的大秘密，需要怎样的勇气啊。那数年、十数年的岁月，几千个日日夜夜，要忍受怎样的煎熬，又要有怎样坚韧的生存伎俩和智慧？我甚至设想过，假如我是那个妻子，我忍受的极限能有多久？还有，在事情败露后，她又遭遇了什么？只是没人告诉我答案，事情过去太久了，而在我们的土地上，在那个铁血的宏大的时代，这样一个小人物的悲剧，又能留下什么痕迹呢？

可我放不下。我知道，总有一天，我会重新走进这个故事里。

三年前，有一天，偶然翻一本书，看到一个日本舞台剧剧本，无意地翻看着，是讲一个小女孩，总能听到看不见人的声音和她说话。随便翻看介绍，原来，那声音来自一个多年来藏匿在夹墙中的人！突然之间我后背冒出了冷汗，我合上书，不再往下看了，我怕它会惊扰我的"西街"，因为我知道，我的故事，西街的故事，跃跃欲试地来了。

春节长假刚过完，李锐开车，带着我，和讲故事的那个朋友，一起去了地处晋中盆地的那座小城。几十年过去了，小城早已改变，但总还有不变的东西，比如雄踞城中的鼓楼，比如从它身下向东西南北延伸的街道，西街就是因此而得名。走在长长的、一看便知是近年来整修过的"明清老西街"上，却仍旧有着一份莫名的怅然和激动。这座小城，远没有和它毗邻的平遥那么有名，也因此保留了一点纯真的古朴，保留了一些旧日的痕迹：一座废弃的破宅院，一块老砖匾，一爿旧门面……我朋友的老城、故地，就在这些黯淡的地方珍贵地蛰伏着，仁厚地抚慰着她。而她，则引领着我，一步一步，去和传奇的西街相遇。

于是，我看见了我的马兰花，从容地、安静地，走在西街上，美而温暖。没人看得出，她胆大包天地藏匿了那么可怕的惊天秘密。人类的历史，充斥着人对人的剥夺与杀戮，以各种各样宏大的名义。幸而，还有马兰花们，还有这样一些卑微的、渺小的、手无寸铁的生命的捍卫者……那是神给这苦难人世的恩惠。

这是我的西街,我创造了它。

2015 年 5 月 23 日于京郊顺义

和河流约会

第一次看晋陕峡谷之间的黄河,是 20 世纪 80 年代中叶,那是去吕梁师专做讲座,住在离石。某个下午,车把我们几个人,李锐还有成一兄等拉到了军渡,当那条浑黄的浊流在我眼前出现时,我甚至感到了某种身体的疼痛。

那时,刚刚读过了张承志《北方的河》,非常激动,我们都是。

这就是那条大河了,在 80 年代,它是一条文学的河流,它奔流在诗和小说里,所以,我是站在文学的河岸、文学的时空中,来膜拜这条大河。也许,它从来都是奔流在文学的时空中的,古往今来,一直如此;也许,那奔流在文学时空中的,是这条河流的灵魂,而事实上,它还有一条凡俗的肉身。

只是那时,年轻时,我不会这样想。

我记得那激动,我避开众人,走下河床,水涌上来,打湿了我的鞋和裤脚。我离它是这样的近,可奇怪的是,我不记得听到过它流淌的声音:激动竟让我失聪。后来,许多次,我都曾这样近地来到它身边,甚至乘船抵达过河心,似乎都不曾听到过它的声响。我的黄河,原来是无声的,无声奔流,流向大海。

仍然是20世纪80年代中叶,我曾去家乡开封"寻根"。某一天,几个朋友带我从柳园口乘船到对岸的陈桥。这个渡口,以及我要到达的目的地,都是发生过著名历史事件的地方。那天,我们在黄河大堤上风驰电掣地骑自行车,傍晚时分,又拾来树枝干柴在沙滩上点起篝火煮鱼汤。这一切,对我而言都是新鲜的第一次。落日沉下去了,月亮升了起来,无论是落日还是初升的新月,都让我激动不已:那是黄河上的月升日落呵。篝火精灵一般跳跃,捧在手里的鱼汤,香气勾魂摄魄,却是一种梦中的香气,美好却不真实。后来,我不止一次质疑它的真实性,我想,真有过这样一个夜晚吗?黄河真的给过我这样一个诗意的风情万种的奇遇吗?

却仍然是无声的。大河的月升日落,庄严而静谧。

前不久来到碛口,去看河。碛口古镇,从前是个十分繁华的所在,有一个盲艺人,姓张,我几次来碛口都听过他说唱这古镇曾经的繁华,开篇就是:"天上星星拱北斗,地下古镇数碛口……"用他的话说就是,当年碛口的繁华胜境,三天三夜也唱不完。他沟壑纵横饱经沧桑的脸上,永远有一种安详到近乎神秘的微笑,似乎,无关兴衰。但我知道,真实的老碛口,就在这个盲艺人的身上,与他共存亡。假如有一天,他不在了,那老碛口就真的消失了……那一天,下午,突然之间下了一阵骤雨,晚饭后,我们来到紧邻河边的"碛口客栈",登上了二楼临河的大露台。这客栈本是清代乾隆年间的老建筑,早先叫作"四合堂",是一家经营麻油的商号;后来,20 世纪 40 年代,这里做了八路军一二〇师的"新华商行";再后来,解放后它成了"碛口粮站"。当然,再再后来,粮站搬迁,它衰落了,坍塌了……直到近些年,有人心生怜惜,出来挽救了它,将它改建成了今天的"碛口客栈"。

露台上湿淋淋的,刚才的大雨打湿了它。粗拙的木桌木凳上,都是水渍。这粗拙,是有意为之的粗拙,仿"原生态",和整个客栈的风格,协调一致。唯一糟糕的,是它也像如今山西所有的民居景点一样,高高地悬挂了无数盏大红灯笼,破坏了老建筑端正的古风,变得像舞台布景一样浅薄。当然,这算是苛求了,我知道。

河就在客栈脚下,码头上停泊了几只小船,从前,此地大概应该是真正的码头,曾经"窗泊百舟,门走千驼",而如今,那里停泊的不过是旅游时代的道具。雨后的傍晚,河风袭来,很有些凉意。从楼上俯望,看到雨后的河面似乎宽阔了不少,也更加浑浊。大雨使黄河涨了水。我们喝着来自南方的铁观音,说着各种闲话。许久,我忽然意识到了我的平静,那是我和这条河一次次相遇时从来也没有过的。没有预设的激动,就用平静的、家常的眼睛注视着河面,渐渐地,我竟听到了那汩汩的、哗哗的声响,黄河的水声,它在大地上奔走时的动静,我静静地听了一会儿,心想,大概这是我第一次,和这条肉身的黄河约会。

是我老了吗? 我不知道。也许,是不想再去神化任何事物,即使是黄河,即使是伟大的自然,以及,一切。

2013 年 6 月 18 日于太原

青春的灵魂

去年秋天，不知道是不是雨水较多的关系，黄河意外地涨到了二十年来最高的水位——我是指晋陕峡谷之中的黄河。我们一行人乘船渡河，从山西柳林这边到对岸陕西，然后再从陕西折回。滚滚的浊浪，追逐着、拍打着我们的船舷，令人肃然，有一种久违的大河的气象和雄浑之感。河岸上，大片大片枣林，被成熟的漂亮的红枣坠弯了枝头，芬芳四溢——那是黄河对土地几近完美的馈赠。

我以为这个秋天会很美好。

从黄河边回来的第二天，仅仅一秒钟的疏忽，被一个小小的、一寸高的台阶绊了一下，结果却是悲剧性的，左踝骨上居然被撕下来一小块骨头，虽然是极小的一块，却逼迫我足不出户地在床上躺了一个多月——我失去了这个秋天。

人真脆弱。

写《琉璃》,就是在养伤的病床上。其实我并不满意这篇小说的名字,其实它完全没有必要如此直白。可自始至终,在我写这个故事的时候,"琉璃"这两个字,总在我眼前闪现,熠熠生辉,美丽而易碎,就像我们珍惜的、珍视的一些东西。于是,我妥协了。

女儿说我写了一个"坏女人",也许吧,这个叫作海棠的女人,坚守着如此美丽虚幻的初恋,那几乎是她生命的支撑和骄傲的源泉,只不过,这坚守是需要别人的生命做养料的,是需要别人的血来浇灌的。一个自私的唯美主义者永远无视这个。美而残忍、残酷,这是否就是"美"的本质?

尽管如此,我还是忍不住同情她。她以一种混沌的力量,悲壮的以卵击石的勇气,抗拒着生活对她的改造。她不是一个深刻的人,只不过,她抵抗的姿态让我惊诧和心生敬意,她始终对生活骄傲地说,不! 而如今,这几乎已成绝响。她日渐苍老的身体里,居住着一个永远青春的灵魂;而今天,更多的人则是刚一出生就衰老了。在年轻的老人们的洪流中,我的海棠,从这个意义上说,是孤独和悲壮的。

太宰治有句话,生而为人,对不起。这也是我想说的:拥有永远青春的灵魂,对不起。

2012 年 6 月 10 日于京郊顺义

题外话

　　写《心爱的树》，已是半年前的事了。最后一行字敲出来，2005 年还剩下了几天，2006 年元旦还没来到，而现在，一晃，连端阳也已过去好几日了。

　　端阳这里很热闹，好几处地方都有龙舟大赛。端阳还是这里的法定假日，不只是端阳，清明、中秋，甚至还有农历四月初八，佛诞日，这里都要放假，是法定的公休日。到四月初八这一天，许多人都要坐船到长洲，去看那里的"太平清醮"，也就是"包山节"。有项传统的活动，叫"抢包山"，这个名字我不陌生，是在《麦兜的故事》中知道的。

　　来到这里后，遇上了好几个节日，农历三月中，是真君大帝宝诞，我们到青衣岛看了大戏，是临时搭起的戏棚，当红小生盖鸣晖主演。过后就是天后娘娘的生日，更热闹，城中许多地方都挂起了彩幛，也唱戏。再后来，还有"谭爷爷"的生日，这谭爷爷不知是哪方神圣,也要唱戏为他庆寿。那天我们过海去,刚好赶上了。在那里为谭爷爷唱戏的,也是著名的艺人,龙贯天。再再后来,就是佛诞日,就是端阳。

这之前,我是说来这里之前,我从不曾想过,我会和这样多传统节日、这样多在内陆早已失踪早已销声匿迹的神明相会。而这个地方,是象征时尚和潮流、早已被我们符号化和简化为"文化沙漠"的国际大都会——香港。

当然,在这里,这样的节日大约都是草根的节日,说英语的精英们和"国际公民"大约是不过这些节日的。可它们的影响力、它们的生气勃勃、它们的烟火气家常气,仍然让我十分惊诧。这不是为旅游准备的节日,不是为招商引资准备的民俗表演,而是此地草根民众生活的常态,一代一代延续下来。也因此,在寸土寸金的中环,或者号称有欧陆风情的赤柱海边,林立的大厦中你能突然和一个小小的香火旺盛的土地庙相遇。我想,何谓传承,这就是,淹没在日常柴米油盐的日子里,被人间烟火气笼罩浸润,才是真正血肉丰满的传承。

想起了我的"大先生"。我说我写了一个"君子",这话大约没几个人要听。我自己也是在写到最后时才意识到,这是一个"君子"的故事。我生活的这个时代,这个地方,和"君子"这个词,相距何止千里万里!可当我的大先生坐在候车室里,和他牵挂了一生的女人对坐着,沉默无语抽一根香烟的时候,一个有情有义剑气箫心的君子就这样拨开时光之雾和我相会。我心痛如割，为大先生，为剑气箫心，为这个早已没有了"君子"的世界。

越来越容易被一些远去的、逝去的事物感动。读《清平山堂话本》，看到《死生交范张鸡黍》的故事，真是大骇异、大震撼！讲给年轻人听，他们却反应平平，甚至没什么反应，心下怅然。前些日，读了台湾作家张大春的新作《春灯公子》和《战夏阳》，意外发现他在回头路上走得更远，索性摇身一变，做起了"说书人"。对于暌违许久的那片沃野，那片养育侠士、剑客、诗人和君子的文化故土，它的奥秘，它的美，它的坚韧缠绵，它的好与不好，是要在度过漫长的青春期之后才可能慢慢去领略、去发现、去感悟的。当然，前提是你并不认为自己是一个最政治正确和毫无文化负担的"国际公民"。

能够穿越时光和一个有情有义的"君子"一晤，我很幸运。

2006 年 6 月 3 日于香港浸会大学国际作家工作坊

消亡可以是如此艳情

水平在《妈妈，领我去看河》一文中这样写道："当他到来的时候，我双手合掌，闭上眼睛说，'天赐给了我宝贝。'"这个宝贝，当然是指她四十岁才得到的儿子。而我，却是在读完这本名为《河水带走两岸》的书后，闭上眼睛在心里说，天赐给了沁河一双如此深情的慧眼与美目，有这样的凝视，河流不死，乡村不死。

至少，它们会活在这个沁河女儿的生命里，活色生香，倾国倾城。

水平说，拥有一条河流出生的人，是最幸福的人。所以，她才对自己心爱的小儿子深深抱歉，说，我怀你太晚，有许多东西消失了，你看不到。这是妈妈的错误。

那天，读到这句话，我泪流满面。

厚重的一部大书，是葛水平对沁河、对故乡、对北中国乡村、对农耕文明所孕育出的情感方式、审美观以及一切的致敬、叹惋、凭吊。我要承认，是这部大书，让我读懂了，水平的美，她独一无二的美和魅力，来自何处。那无可取代悠长而坚韧的美和魅力，是由什么丰沃的母体诞育生养。所以，在她这里，消亡是如此无奈悲伤，却又如此艳情，如此性感，如此风情万种。也许，那就是大美山河自身的袅袅余音和绝唱吧？只不过是借了这个人世间的生灵发声。

一切都那么有情有义，荒草中的小石雕，老时光中的柱础，佛塔上的琉璃，二百年前的眠床、木雕窗棂，刺绣和老银器，象征现世安稳的土炕，端正严谨的古老民居……它们不是物，不是物件，它们就像她前生前世的恋人一样，来到此生与她践三生之约。因为，她对它们狂喜缠绵义无反顾的热爱中，有一种神秘的大快乐和宿命的无法言说的悲伤。我还相信，一定是有前生的；否则，以她四十几年的生命，她怎么就能对这河山，对这土地，对渐行渐远老时光中的一切，爱得如此痴迷？如此疼痛？

多年前，在美国，在我最忧伤迷惘的时刻，我无意中撞到了一个叫爱德华·霍普的画家，我站在他的画作前，压抑了许久的眼泪滚滚而出。我想，我看到了失去，看到了流逝，他用他的画笔、油彩，描绘出了无可挽救的流逝的瞬间。或许，是在一个特定的情境之下，我误读了他。但我不管，我只记得，在纽约让我迷失的陌生雨雾之中，和他的相遇，对我几乎是一种搭救。

其实，我想说，水平是幸福的。她有这样情深意长的河山，这样不离不弃的土地,这样的人群,这样的村庄,这样的草木万物,可以让她恣肆和深情地回首凝望。她见识过沁河的浩荡,闻到过沁水的清香,在山川河流之中度过了她人生中最初的也是最珍贵的乡村岁月——尽管那已是末世的山川和最后的乡村。他们厚待了她,恩宠了她,使她出落得如此缤纷美好——是他们选中了她吧?选中她来为一切过往记忆。而她,这个懂得感恩的孩子,没有辜负他们。

她说:"什么叫锦绣,一座山脉一条河流没有本质的区别,当它们隆升并延伸出无数座山脉、无数条河流时,我们说山河锦绣。我躺下去,如睡在燎皮炙背的火炕上,如躺在我亲娘的身边,闻着花草的香气,我愿意这样睡过去,睡到尘世花开。"

这就是葛水平的家园。她灵魂的归处。

而我,我这样想,在葛水平之后,或者说,在我们这一代人之后,还会有人再为山河伤心吗?……仅仅这样一想,便悲从中来。

2013 年 7 月 2 日于太原

飞起的鸟是一种梵语

这是吕新的一句诗。

吕新还有两句诗,出自他陕北之行的组诗里,是这样写的:"陕北,你这大胆的女子,还没有结婚,就生下了米脂。"这两句诗,我非常喜欢,它们几次出现在我的文章里,最近的一次,是在小说《行走的年代》中,那是一部以诗人为主角的小说。我想说的是,不少人,特别是年轻的人,读了这篇小说后,首先喜欢上的是这两句诗,问我哪里可以找到吕新的诗集……

我不懂诗,也从不敢说自己懂。对于吕新的诗,就更不敢说那个"懂"字。

但是我喜欢。而且,我一直以为,世界上存在的许多东西,本就不是为了让人"懂"的。比如,晶莹而凛冽的雪山;比如,海底世界的瑰丽;比如,梦境。

和吕新,是多年的朋友了,记得有一次,谈起小说,他很激愤地对我这样说,小说如果照搬生活的原样,还要小说干什么? 这话,当时就让我想起了梅耶荷德。梅耶荷德是俄罗斯的表演艺术家,和"体验派"的斯坦尼斯拉夫斯基分属完全不同的流派。他描述自己怎样与现实主义的"体验派"分道扬镳时这样说,有一天,他在舞台上演戏,忽然不能忍受这种如同一只猴子般对于生活的复制和模仿。于是,我知道了,一个非现实主义的诗人或者艺术家,那不是一种选择,而是对于自己生命需要的遵从与尊重。

飞起的鸟是一种梵语。

就像吕新自己。20世纪80年代,吕新的出现,让整个黄土高原既好奇又惊喜。

我曾经这样描述过吕新的创作:"有人说,在今天的中国,吕新一个人坚守着一片阵地,那阵地的名字叫'先锋文学'。猎猎的旗帜下,他一个人形单影只的坚守,寂寞而悲壮。……我想,也许'坚守'这个词对吕新来讲太大了,他其实只是忠实,忠实他自己的眼睛。他忠实地描绘了他自己眼中的世界而不是别人的。别人看到的,可能只是生活的血肉之躯,而他,看到的则是生活的梦境。所以,他的文字才如此缤纷而神奇。"

不错,我们看不到的梦境,吕新看到了。所以,"那歌,站在灰色的屋顶上,支支直立如铜丝",所以,"冬天的河道,一缕哀怨的长发,唱着歌儿,远离老家",所以:

就在那间小屋土墙上

耸起了耶路撒冷的风雪

白色的诗在火光间熊熊

划出悲剧的弧线

有许多年

我没有见到过

紫槐林里

那位吹箫的老人

就在那间小屋徘徊着

一个手持白玫瑰花的女人

一个站成黄昏的女人

一个把我塑造成水的女人

时隔二十多年,吕新当年诗作中这些奇异瑰丽梦境般的意象,仍旧让我感到某种新鲜的触动。那里有一种古老而神秘的忧伤,有一种北方亘古的干净与寂静,又有一种让人心软的属于人间的柔情。当然,隔了二十多年的时光,我也看得似乎更加清晰,那就是,在吕新后来的小说世界里,跳动着的仍然是一颗诗人的心。

李锐曾经这样说:"在写小说之前吕新是个诗人,在写小说之后吕新还是个诗人。吕新固执地保持着诗人的眼睛和内心,拒绝被凡俗和理性污染。在吕新的小说天幕上,你会惊异地看到许多蒙满了习惯灰尘的字和词,忽然变成满天被擦亮的星星,熠熠生辉,星汉灿烂。'先锋'这样的名词不足以用来界定吕新,就像一面镜子永远装不下满天璀璨的辉煌。"

我想,这大概正是吕新小说最鲜明的特征,它充满诗性。不仅仅是诗的意象和语言,而是诗的本质——它们都有一个被埋藏在天荒地老或万丈红尘之中的诗人的灵魂,以及,诗本身的浪漫。吕新一意孤行地以诗的方式讲述着他的故事,以诗的意象结构、创造着他的小说世界,使他的小说世界如同岛屿一般从现实生活的海洋里凸现出来,就此拉开了距离。这使它们如同异类一般极具辨识度,既卓尔不群又孤寂。我认为,诗性的小说,是吕新对中国新时期文学的特殊贡献。

> 从长河落日圆的
>
> 大漠孤烟中静静升起
>
> 你朦胧而且蔚蓝
>
> 我一直在寻找你
>
> 我将永远寻找你
>
> 一支白色的无字歌
>
> …………

我愿意把这首发表于1986年、题为《远方》的诗作,看作是一个年轻诗人的自白。那朦胧而且蔚蓝的、那白色的无字歌,或许,就是一个诗人心中的理想吧? 一个永远在前面、永远可望而不可即的美好的事物,一个永恒的吸引和诱惑。珍贵的是,在那个众声喧哗的诗的年代渐渐远去之后，在"同路人"或者"同行者"销声匿迹之后，直到今天，它似乎仍然是我们的朋友吕新灵魂的"远方"——真正的诗人，他们的灵魂永远在路上。

2013 年 1 月 15 日于京郊顺义

解读蒋韵:"这一代人的怕和爱"
——与郭剑卿教授对谈

问:你是贯穿新时期文学四十年笔耕不辍的女作家。1979 年早春时节,大二的你发表处女作《我的两个女儿》,引来一片喝彩,堪称山西的"卢新华";20 世纪 80 年代末你开启了对"一茬人"(李国涛先生语)的塑造(包括对"十四岁童话"的回溯),受到评论界及同行的特别关注。新世纪以来,你频频书写"爱"的传奇,包括夫妻合作《人间——重述白蛇传》等等,几乎篇篇都是精品,转载率高、获奖也多:鲁迅文学奖、郁达夫小说奖、赵树理文学奖、老舍文学奖、柔石小说奖等等,表现出一种自觉自在的文学创造力,足以构成可供评说的"蒋韵现象"。你怎样看待自己的文学创作?

答:谢谢剑卿的褒奖。我们是多年的朋友了,你一直追踪、关注我的创作,难免有所偏爱。我的处女作曾经在山西一域获得过较大的反响,甚至一时的轰动,此事不假;我四十年笔耕不辍,也不假;晚近以来获得过不少奖项也是确有其事,但,"足以构成可供评说的'蒋韵现象'",就可商榷了。至少,我自己不知道曾经有过这样备受瞩目的时刻。对我,许多同行似乎都有过较为一致的看法,认为我是一个"实力大于名气"的作家,这点,我倒还不谦虚地表示认同。写了将近一辈子,不知为何,却反而觉得没什么好说的——一切,都在小说里了。所有想说的话,一笔一笔、一个字一个字,敲进了电脑里,至于有谁能听到,能听懂,能共鸣,那就不是我能掌控的事了。它们独立于我之外,拥有了独立的生命,就拥有了需要它们自己去承担的宿命。我爱它们,甚于爱我自己。它们寂寥的生存,让我心疼,却也让我为它们骄傲。就像在无人的旷野上,突然遇见的一棵树,沉默、尊严、枝叶婆娑,让某个孤独的旅人,眼睛和心底一热。我觉得这很美好。我觉得我的小说,似乎就是为人生长旅中这些孤独的旅人而写。足矣。

问:我想把你放在新时期文学和山西文学两个维度考察。同为 50 后作家,你不属于"老三届"和"知青作家"两大群体,也没有贾平凹的商州、莫言的高密可供挖掘;在同代女作家当中,你不是王安忆式的"69 届初中生",但有着和她类似的客居身份(王安忆之于上海,你之于太原);你没有铁凝式的"57 女儿"命名,却又共具内陆城市女作家的某些文学气质;你不引领潮流也不随波逐流,独享"边缘的悲与欢";山西作家群中,你写内陆故事,但不是

188

山药蛋派，也无法归于新时期"晋军"阵营。你的小说是发生在山西的非地域文学。多年前我总结过你的写作姿态：高扬"旗帜"低调写作——一种看似矛盾却充满张力的书写。看得出你安然享受这样的创作状态。

答：与其说是"安然享受"，不如说是"别无选择"。曾经，我很羡慕那些拥有自己的山河、故土、大都会或者小镇的同行，我羡慕他们拥有一个文学故乡。而我则一无所有。我是个失乡的人。从羡慕到认命，这之间，有长长的一段路。"失乡"，如今其实已经成为我小说的母题。"失乡"，就是永远在生活的边缘，永远在他乡，永远怀有深刻的乡愁和生命的悲情，以及，生而为人所能体会的人类不朽的疼痛。这些，已然是我小说创作的源头以及——归宿。

如你所说，也如很多评论者所说的那样，我似乎是一个"不能被归纳的书写者"，亦有人形容，说我是一个"不能被除尽的余数"。早年间，我曾经在文章中说过，我是我自己的旗帜，是文坛上的孤魂野鬼。现在，我倒认为，哪一个真正的作家，不是自己的旗帜，不是孤魂野鬼呢？假如，现实的存在、现实的生活可以满足你的所有需求，物质和精神上的一切需求，你活得兴高采烈得意扬扬，那么，你还需要在文字中倾诉吗？还需要虚构另外一个世界吗？还需要面对和审视自己的内心吗？所以，真正的写作，是属于孤独者的，是属于现实人生中深刻的失败者的。"深刻的失败",在某种意义上,和一个人的现实存在无关,而是,一种精神状态,或者,更极端一些,是某种命运感。

问:限于篇幅,我们的对话重点围绕两个时期展开:20世纪90年代前后和新世纪以来。90年代我在书店邂逅你的小说集《失传的游戏》,长篇小说《栎树的囚徒》,一"读"而不可收拾,至今难忘初读时的迷醉与惊骇。在我看来,80年代末90年代初,以小说集《失传的游戏》(收入1988—1993年的创作)为代表,你的创作出现第一个重要拐点:拥有了自己的写作母题和艺术风格。从而你的写作也达到一个高度,跨越了伤痕文学、知青文学的窠臼,成为一种真正个人化的写作,也引起了众多关注。老一辈评论家李国涛认为你做了"一件很重要的工作,就是塑造她那一茬人的形象";《中国新时期小说主潮》(许志英、丁帆主编,人民文学出版社2002年)在"知青情结"一辑设专章分析你和李锐、林白的写作特点:"落日情节的飘浮性伤感",表现为"强烈的时间意识""无可逃离的宿命",构成作品的"哲学意蕴与文学意蕴";作家王安忆也在这一时期(2000年)撰文评论你的作品。她认为《失传的游戏》当中的作品表现了你对"知识的批评"。这几个代表性的观点,确立了你个人化写作的价值和意义。

从20世纪90年代前后创作的郗童、隋小安、夏平、冯明伦之类的黑白照片人物,到近期作品中的陈香(《行走的年代》)、海棠

（《琉璃》）、袁有桃（《晚祷》）、陈雀替（《水岸云庐》），"一茬人"的前世今生在你的创作中回溯或闪现。你书写他们精神世界的罪与罚、爱与怕，凝视这茬历史落叶身上的斑痕。这让我想起鲁迅的散文《腊叶》。一生负疚、无可救赎、拒绝遗忘，成了这茬人无法抹去的精神烙痕。"这一茬"作为系列形象无疑是现实主义理论中的"这一个"。其意义恐怕不仅仅是写出了你的同龄人。这其中埋藏了怎样的隐痛？

答：我小说中的人物，大多是我的同龄人，尤其是我早期时的创作。所以，以国涛先生为代表的一些批评家称我为"那一茬人"的代言。所谓"那一茬人"，就是比"老三届"要小一些的"50后"，也就是在历史大动荡到来的1966年，他们还没有受完正规的小学教育的那群孩子。这群孩子，没有经历过在伟大的广场上被最高领袖检阅的荣耀，没有乘坐免费火车天南地北大串联闹革命的辉煌，却同样承担了失学、上山下乡等时代赐予他们的一切。而十年之后，这群人中，鲜有能够像"老三届"那样考取大学的。所以，在新的历史时期，最先下岗的，就是他们；在时代变革中付出最大代价或说被牺牲掉的，就是他们；被人们所诟病的"广场舞大妈"，也是她们；这一茬人，在我们共和国的历史上，从没有人为他们命名，他们在历史的皇皇典籍之中，是无字的、无声的一页。我跻身于他们之中，书写他们，天经地义。书写他们，就是书写我自己。

但是,如果我们把话题围绕在"一茬人"这样的标签下展开,会备受局限。在我后来特别是晚近的小说中,我的主人公们,是他们也不是他们。诚如你所言,我晚近小说中的那些人物,具有一些共同的特征:一生负疚、无可救赎、拒绝遗忘。这些特征,绝不独属于他们。这些悲剧性的人物,我相信,在人群中寥若晨星。他们有着和我们所有人一样的罪,形形色色的罪,但是,他们承担了我们几乎所有人都不愿承担的"罚"——自我惩罚。我不知道怎样命名他们,我只知道,写他们,我看到了我自己身上的麻木、怯懦、浑浑噩噩。写他们,也让我非常、非常疼痛。我正在书写的长篇小说《玛娜》,也是写了这样的一些人,在过去不久的北京的酷暑之中,这样的写作,常常让我手脚冰冷,冷汗淋漓。他们在我小说中一天一天鲜明起来的时候,我和他们一同受难。至少,在那一刻,我是自省的一个人。

问:在新时期的作家构成中,50后作家群无疑是最负盛名的一代。作为其中一员,你是77级中文系大学生,在知识谱系、文学精神上,接的是"五四"文学传统以及翻译过来的19世纪欧美文学尤其是俄罗斯文学的滋养。其中凸显的是现代中国文学的个性解放和人道主义、19世纪俄罗斯文学的苦难意识及西方文学的浪漫主义,你是凭这样的阅读史和文学积累,建立起自己的写作资源和精神资源吗?可否称你为"文学知识分子"?

答:"文学知识分子"可绝对不敢当,我是一个很没有知识和学养的人。但你没有说错的是,作为一个 77 级大学生,在文学精神上,我接受的确实是"五四"文学传统以及翻译过来的 19 世纪欧美文学尤其是俄罗斯文学的滋养,只不过,我起初接受它们,并不是在大学校园,而恰恰是在这一切被禁锢被批判被践踏的时代。我应该是个幸运者,生活在城市,生活在识字的人中。至今我都想不明白,那些被称为"毒草"的书,一本一本,是通过什么渠道在社会上流传,在我生活的周围流传。我们这些少男少女,青年男女,总是能互相借来那些大部头看。我读书最多的年代,恰恰是那动荡的十年。假如让我开一个那时读过的书单,太长太长。像托尔斯泰、屠格涅夫、普希金、果戈理、契科夫、雨果、巴尔扎克、左拉、司汤达、狄更斯等等,他们的代表作,基本都在那时候读过了。就连如今那些已不太被当下青年人熟知的作家,他们的作品,我也读过不少,比如:冈察洛夫的《悬崖》《奥勃洛摩夫》,赫尔岑的《喜鹊贼》,谢德林的小说集,莫里哀、哥尔多尼的戏剧剧本,夏衍、田汉的剧本,等等。那时,最不好借到的,是陀思妥耶夫斯基的书,记得有一年,我已经从河滩上的砖厂调到了城里一家小手工作坊,叫水电安装队,跟着师傅开牛头刨。我的师兄,有一天不知从哪里借来了一本《罪与罚》,记得好像还是竖排本的。厚厚的大部头,人家只给了他三天时间,他很仗义,说,咱俩一人一天半。于是,他先请了一天半事假,接下来我又请了一天半。那时请事假是要扣工资的,我们平时几乎从不请假,但为了这本小说,我们破了例。所以,应该说,我在青少年时代接受的启蒙教育,是双重的。既有铁血时代的深刻印痕,也有这些人性和人道主义的浸淫。也因此,在青春期,我极其困惑而矛盾。

问:王安忆指出的"知识批评",我理解是指你对"知识"的反思:知识的吊诡或悖论。这种反思从20世纪80年代末延续到当下。比如《隐秘盛开》中的"插曲":知青对拓女子的扫盲和文学启蒙,反而成了她悲惨人生的开始。这样的知识反思让我想到鲁迅的《祝福》悖论。也许我孤陋寡闻,新时期女作家中关注于此者并不多。这恐怕是现代知识分子感情深处的"怕"之一:不以启蒙者自居,而是拷问价值和意义。这是你秉承的现代知识分子的思想传统?

答:说实话,这是一个很难回答的问题,也是一个宏大的问题。这个问题若想回答得很清楚很透彻,恐怕得写一本甚至不止一本专著,那不是我的能力所能企及的。我深知自己远谈不上是个"知识分子",充其量也就是个曾经的知识青年,或者一个识字的人。但,我也是一个毕生崇敬知识的学生。只是,知识是什么?这个问题随着年龄的增长我反而越来越困惑;也渐渐感到,很多名词所定义的事物其实是非常有局限性的。但有一点我清楚,就是,我自己从没有觉得我是一个"启蒙者"。在20世纪80年代的文学大氛围和各个潮流之中，我是一个始终处在边缘的写作者，在我的处女作之后，我关注的题材，我笔下的人物，我所描述的世界，都和当时的中心文学话题无关。尤其是在山西"黄钟大吕"的晋军主旋律之中，我的写作，常常被批评为太"小我"，太"小布尔乔亚"，也就是如今的"小资"，那时简称为"小布"。我为此深感困惑，也不是不想改变，可能是这种困惑，或者说，是对自己的质疑，导致我去思考了一些当时人们没工夫也没兴趣的问题。于是，就有了我早期的一系列小说，比如《无标题音乐》《枣树院》《紫薇》等等。那些小说无疑是幼稚的、肤浅的，与其说它们是对"知识"的反思，不如说是对一些掌握知识的所谓"知识者"的质疑。一直要到《隐秘盛开》，我的质疑大概才扩展到了你所说的对于"启蒙"的沉思和拷问，其情感的复杂，恰如你所言的爱和怕。启蒙无罪，但不彻底的启蒙是可怕的；知识更无罪，但用浅薄的知识来装点人生是可怕的。在我的《隐秘盛开》中，无疑，我的同情是站在了被启蒙者一边，而我认为，真正懂得了知识深处之美、真正从知识中获得了灵魂和力量的，是那个并没有太多知识的乡村姑娘。她的命运，惨烈之至，却也美丽之至，是知识的颂歌，也是启蒙的挽歌。

问：你曾说：你不讲有关"爱情"的故事，怕自己讲不好。事实上，新世纪之初，你的写作从一代人的"怕"转向一代人的"爱"。

从鲁迅文学奖作品《心爱的树》,到长篇小说《隐秘盛开》,把它写成一个个有关生死有关信仰的童话和传奇,直逼人类精神的高度。你塑造了一系列爱的信徒:引领小男孩走出迷途的"仙女"陈忆珠,集传统风骨与现代儒雅于一身的"大先生",有着俗气名字的拓女子潘红霞们,他们对爱所怀的宗教般的感情,他们缄默一生的隐秘泪水,是现代人从苦涩中萌生的对神圣的爱的渴慕。你演绎的爱极端而孤绝:爱是不敢奢望爱情,是义无反顾地刚烈地坚持"一个人的战争",是坚守"百年孤独",是为一句承诺赴汤蹈火,是错过世俗幸福而执意去做精神上的苦行僧。还有一点,你笔下的爱是回避"性"描写的"洁癖"书写。这种极致的、近乎"冒险"的爱情书写极富挑战性,你的写作走向又一个孤高的领域,这需要相当的素养和勇气;另外,你与李锐以《人间》的命名重写《白蛇传》,却又尝试把爱情神话还原为对人间烟火的生死迷恋。你是如何平衡二者使之"艺术化"的?

答:这是一个有趣的话题。以前,我确实说过,我从来不讲有关"爱情"的故事,因为怕自己讲不好。关于爱情,这个世界上,古往今来,有多少传奇、多少小说诗歌、多少文学的高峰啊! 我是知难而退的:我觉得自己没什么"爱的才能"。20 世纪 80 年代,看过一部苏联电影,好像叫《辩护人》,影片中沦为女囚的女主角说过一句话:"爱是一种才能,有人有,有人没有。"这话,对我的震撼,强烈而深远;也使我自卑,就如同影片中那个为她辩护的、幸福的女律师一样。

20世纪90年代到新世纪初，我们的小说，无论乡村还是都市，只要涉及情爱，渐渐呈现出了一种极其程式化的样貌，即"零度叙述＋性"。不敢说千人一腔，却也真是相差无几，似乎，人类的全部问题，全部困境，就只剩下了"性"这一件事。人类如此丰富丰沛的情感，难道真的萎缩至此了吗？无涯的想象力真的有边界了吗？特别是2002年，受邀参加了美国爱荷华大学的"国际写作计划"，其间，参观了许多的博物馆，既看到了那些馆藏珍品，人类文明的瑰宝，也看了许多当代艺术家的作品展、主题展等。相较之下，深感当代人技术性的想象无比发达，而心灵的想象却纤细贫弱。看得多了，竟悲从中来。回到生活之中，突然发现不能忍受各种当代理论指导下的那些小说文本，问自己，谁规定当代小说就一定要怎样怎样写？这么一想，忽觉无比自由。你们不是要"零度叙述"吗？我偏要老土地张扬；你们不是无"性"就不成篇吗？我偏要写一个纯洁如处子的爱情故事。于是，就有了《隐秘盛开》。有了那个一生视"爱"为信仰的潘红霞。有人批评她"怯弱"，不敢像现代女性一样大胆示爱和勇敢争取，可我认为，她极其勇敢，她勇敢地、义无反顾地、毫无保留地把自己献给了她的爱，她的信仰。它是诗篇，不是人间烟火的小说。

严格说来，我真正的爱情小说，仅此一部。

我写作它时，淋漓畅快。写完了，心想，恐怕发表不了吧？这么"陈旧"的一部小说,谁会要?但让我意外的是,我的责编周晓枫,读完书稿后给我打电话时,还久久不能抑制她的激动。更让我意外的,喜欢它的竟大多是年轻的读者,我为此结识了许多年轻的朋友。这让我非常有成就感。而这本书,也获得了那一届"华语传媒奖"的某项提名,以及"赵树理文学奖"。

至于《人间》,那是对于神话传说的重述,不是原创,也非我独立完成。但从某种意义上说,白蛇和潘红霞,在精神气质上是相同的,她们都是"殉道者",视追求的东西为信仰。白蛇所求,是弃妖而做人,人间烟火是她的终极追求,她们都为各自的"信"而义无反顾。所以,在小说中,人间烟火气味浓郁与否,不是我创作和评价小说的标准。而且,何为"人间烟火"?只有柴米油盐吗?在人世间生而为人,所经历的精神的苦痛,不是人间烟火吗?所以,我理解的"人间烟火",可能和有些人的不一样。

问:从空间层面来看,你的爱情故事是"小城故事"。这小城既非静态的世外桃源,这故事也非小家碧玉的风花雪月,而是一个奇特的组合:一些隔居封闭狭窄的"内陆""盆地"的小人物,内心深处激荡着古典又现代的浪漫追求。他们的爱情不属于脚下这块封闭平庸的土地,而是属于"诗和远方",属于乌托邦。你笔下人物的"爱魂",其实不属于这城、这山、这水。相反的,这城、这山、这水作为故事的发生地,作为人物生于斯长于斯的家乡,却是他们终其一生都要逃离的地方。他们的肉体囿于北方内陆小城令人窒息的盆地，精神上却高蹈于南方沿海、异国他乡、文学殿堂。渴望救赎又逃避救赎，拒绝平庸又困于平庸。怀揣失传的浪漫与诗意、无处置身的精神洁癖，永远漂泊在寻找的路上。这究竟是特定地域、特定时代人的悲情，还是人类的宿命？

答：怎么说呢？所有的小城故事，从某种角度说，也算是一个现代文学的母题。小城故事和大都市故事的区别，是显而易见的，这一点中外皆然。顾长卫执导的电影《立春》，就塑造了这样一个心属"远方"的浪漫女性。她是小城的笑话，小城的异类。可是，这样的笑话，这样的异类，在全世界所有的小城中，何止万千。他们生生不息，代代相传，那是人类的天性：渴望自由，渴望更广阔的世界与人生。"远方"因为未知，所以，在某种意义上代表了可能性和美好。

严格说来，我所生活的城市不算小城，它毕竟还是一个内陆省份的首府——省会。在很长一段时间内，我一直以为它乏善可陈。它既没有大都会的泱泱风貌，也没有小城镇的家常品位；既不是大家闺秀，也不是小家碧玉。所以，它显得平庸、沉闷、呆板、无趣，如同众生中常常被忽略的一个庸众。我女儿在上中学时，老师常常指着窗外肆虐的沙尘说："看见没有，如果你想离开这个地方，就别偷懒，好好学习！"那是这个城市的孩子所接受的启蒙——美好的生活，在这个城市之外。而北京、上海这些一线都会的孩子,至少他们没有这种必须逃离的困扰。

而我小说的主人公们,却有所不同。正如你所言,我让她们生活在我的"小城",而精神上,却属于乌托邦。我喜欢这个词,它准确。"南方沿海、异国他乡",这些真实的地方,哪一个都不是她们的精神故乡。我揣测,就算她们生在北京、上海、纽约、巴黎,恐怕也一样。她们是生活的"外乡人",流浪者,或者说,被放逐者。所以,如你所说,她们"渴望救赎又逃避救赎,拒绝平庸又困于平庸","怀揣失传的浪漫与诗意、无处置身的精神洁癖,永远漂泊在寻找的路上"。我想,这些意象,恐怕不独属于特定的地域或特定的时代了吧?

问:你笔下那些人物也是一些骨子里疏离日常生活的"异类"。日常生活必要的生存手段,恰恰是你笔下人物所不屑的或者是匮缺的。你的人物有着某些"神性":她们多半在为一个心造的"传奇"活着。你演绎这传奇有时会让人觉得未免不食人间烟火、太戏剧化、太脆弱,对此你怎么看?

答:如果没有必要的"生存手段",我的主人公们,何以为生?但,说她们多半为一个心造的传奇活着,这点我肯定同意。至于她们是否"不食人间烟火""太脆弱",恐怕就值得商榷了。我在之前的问题中已经回答,何为"人间烟火",也是一个见仁见智的问题。"人间烟火",在我看来,包罗世间万象,一个人,为了某个执念,某种坚持,甘愿承受天长地久的磨难,这难道是天上的痛苦吗? 或者,一个人在大是大非面前,为了尊严,选择了壮丽的死而非苟活,这算是脆弱吗? 我小说中确实有这样的一些人,特别是女性,她们视死如归。那是我这样一个懦夫永远做不到的。我知道我做不到,所以,我才向往。三岛由纪夫的《丰饶之海》里,一个主人公的理想是,在太阳升起的悬崖上,叩拜那轮初升的红日,一面俯瞰着波光粼粼的浩瀚大海,背靠着高洁的松树,自刃而死。这让我震撼,也深深地契合了我理想的死亡观。记得史铁生说过一句话,大意是,人和人的差别,绝对大于人和猪的差别。所以,我以为,我的那些备受摧残和磨难的主人公,她们绝对是生活在地球这个星球上,生活在中国这片土地上的肉身凡胎。或许,我不是一个传统意义上的现实主义的作家,至少,不完全是。如果这么说,我觉得我可能比较认同。

问:在当代作家当中,你是一个非常会讲故事的作家。你的语言覆盖在丰饶的意象、细腻的想象当中,丰腴繁丽,令人着迷。可是你的写作母题孤独而寂寞。在一个轻浮的时代执着一份深沉,在一个功利的时代寄托诗意与浪漫,在一个冷漠薄情的时代寻找温情与仁慈,在一个脆弱的时代寻找刚烈与风骨。归根结底,这一代人的怕和爱,关乎小知识分子的精神救赎、现代认同问题。你和你的人物一同跋山涉水寻找心中的风景。传统风骨、现代情怀,民间文化、乡间生活,南方或异国、艺术或宗教,不一而足。听说你正在创作一部长篇小说,不知你又有哪些新的发现?记得批评家毛时安说过一句话:"解读蒋韵是一件令人振奋有冒险性的活儿。"解读蒋韵也是一件赏心悦目的事情。我们都很喜欢那句话,"慢慢走,欣赏啊!"期待追随着你的写作欣赏更多风景。

答:谢谢! 我会努力。到我这个年纪,前面的风景,还会有未知的迷人吗? 我也同样好奇。

2018 年 11 月于京郊如意小庐

辑四

年轻时,我们走西口

在我的小说《行走的年代》中,我让男女主人公——一对20世纪80年代的"文青",在前人"走西口"的路上,完成了他们的生死之恋。这样写,我其实是忐忑的,我不知道今天的人们,特别是今天的年轻人,还会有谁,对那一段历史,对那一段路程,关心或者感到有意思。说来,有关行走的文字,其实是很热的,甚至是越来越热。只不过,作为小资和文青的标志,这行走的坐标,一般是:拉萨、墨脱、尼泊尔、恒河、红海、金字塔、阿拉伯神话的发源地或者柬埔寨等等。而我的主人公们顶着塞外沙尘徒步穿越的黄土高原,那貌不惊人的朴素的大风景,还没有被这个时代"符号化"。让我意外的是,读过这篇小说的人,特别是年轻人,其中就有我的女儿,却对我这样说,这本书里他们最喜欢的,就是男女主人公在塞外,在残破冷峻的古长城和烽火台,在通往类似秘史的西口之路上,所经历的那一切……

20世纪80年代中叶,在"寻根"的文学热中,我和丈夫李锐一起,曾有过一次"走西口"的体验。那时,"晋商"这个词汇,还远不是一个热词,晋商的历史,也还在中国的各种"正史"之外,沉睡着,沉寂着。而我们对"走西口"的认识,也只不过是停留在民歌《走西口》那样一种被定义的层面上。在我们行走的过程中,有一些体验,有很多的困惑,听了形形色色走口外的故事,也有一点发现。这些东西,后来曾多次出现在我的小说中,至今,我认为,那短短一段行程,那漫天风沙,那烽火台与古长城永恒的废墟,在我的生命中,留下了深深的痕迹。

这也是我想把当年的笔记,整理如下的原因。

希望它能传达出我所尊敬、热爱和想念的那个时代真实的气息。也庆幸我自己能够在年轻时,可以用这种方式,对我脚下的大地致敬。

1985年4月23日　星期二　晴

昨天乘342次列车,赴朔县,准备从这里走西口。当晚宿县政府小招,翻看县志,傍晚时曾去崇福寺小游。

由于平朔煤矿的开发,一个大型汉墓群被发现,震惊考古界。发掘工作也异常紧张。今天上午我们参观了发掘出来的部分文物,看了设在崇福寺里的陶器修复室,很多的碎片,很多残缺不全的汉代器皿,叫人感到"历史"原来是可以触摸的。

崇福寺里最著名的大殿弥陀殿为金代建筑,规模极宏大,"人"字结构,屋脊上有彩色"跑脊人",这是很少见的,也许是以前我没注意。殿里有壁画,佛的背光极精细绵密,据说这真是很罕见的。

大殿似乎要倾塌了,但依然有一种荒颓的大气势,叫人肃然起敬。檐下栖息了许多的野鸽子,青石台基上落满了鸟粪。

下午翻看县志。

4月24日　星期三　风

早晨工委派车送我们到平鲁县安太堡,安顿住处。中午村长款待我俩及县农机局的几个工作人员,开了十七瓶啤酒,主食是大米。我不喝酒,看他们划拳。

这是一个因为煤矿和汉墓即将搬迁的村庄,村干部很忙,却又见他们一上午蹲在太阳地里,抽烟说话。我们住的屋子紧临公路,汽车一辆接一辆,轰鸣而过。公路那边就是平朔露天煤矿的工业广场。再远处,便是黑驼山了。

看得见山上的烽火台。

下午,我们走访了一户人家,姓王,原不是本地人,十五年前从张羊沟举家迁来。这家男人二十三岁走西口,带着女人同行,在口外生了一个儿子,儿子生下十天,女人便死了。这男人将儿子奶给人家,自己打工挣麦子,后来,千辛万苦将儿子带回故土。

在口外,有人要用大犍牛换他的儿子,他不干。说,娶女人为啥?还不就为栽根立后!

他带回了他的儿子。

二十五年后,儿子又去口外"度带"回母亲的尸骨。只是,这女人的骨骸并不能进祖坟,要等着他,等他死后再与他合葬。这男人当然又早已娶妻生子,女人是个寡妇,叫朱桂香。

闲聊时进来一个老汉,进门就脱鞋上炕、吸水烟,光脚板上满是黑泥。老汉听不大懂我的话,但说了不少有意思的事。说到搬迁,说到了祖坟的风水。老人姓李,叫李凤龙。李姓是安太堡的大姓。老人将一只树枝般的手指屈起来,对我说,九辈了!李姓人已经在这安太堡住了九辈,这下要走了。"死死活活都得走,神人都得走!"我这才明白要走的还有坟里的亡灵和祖先的牌位……地下一个小后生却轻描淡写地说,神人都走,还不就是一句话?

老人的二儿媳前不久淘沙被砸死了。这砸死的女人也不能进祖坟。此地风俗,屈死的人是不能进祖坟的。

老人说:"高姓是原占。开天辟地这里就是人家姓高的。"但如今不管姓高姓李,都得迁出这块埋了多少祖先的土地了。

主人家的两个儿子,还有几个小伙子,围在地上,刚修好自家的小四轮,也进来和我们谈天说地,问:"你们去过香港没有?"还特别关心和尚的事。原来,村民们要去集体旅游——游五台山!

这才是安太堡当下最热门的话题！老老少少都在心在意……搬迁、旅游，哪一件，似乎都比当年走口外的老话来得重要。

晚上去支书家坐了坐。他家起的是砖窑，窑里有立柜、冰箱，还有一盆开红花的君子兰。小伙子三十四岁，很年轻，雄心勃勃，他想拿村里土地入股，入平朔露天煤矿，还想给村里买二十辆汽车。

这里要比太原冷许多。

4月25日　星期四　晴

早晨，李锐带我去后山平梁，有云。碰上李凤龙老汉挑水浇萝卜秧。看见了烽火台，远处的和近处的，默默眺望了许久。想用照相机拍照，突然放弃了，因为我知道拍不出我心里的那种感受，拍不出我对它们的敬意，以及，类似秘史一般的奇怪的隐衷。

黄土高原在这里具有独特的风貌：断层、水土的冲刷流失、这个季节的寸草不生，使沉厚的黄土看上去就像凝固的时间洪流，有一种沉默的不可撼动的大神秘和大尊严。在它面前，总觉得任何语言都来得太轻佻。直觉它喜欢沉默的生命，不喜欢人。

上午和一个叫戎振武的老人聊天。朋友东黎说过，村人的学名总不及小名来得喧闹生动，看来是这样，但我们初来乍到，怎好意思打听人家的乳名？戎振武老人今年七十六岁，五十多年前走过西口，如今说起来，亦很凄伤。当年他离开家乡出口外时，已娶妻生子,人走了,许多年女人带着孩子苦熬苦做。他爹看不下去,对他外父(岳父)说,让你女子再找个人家吧,他去了口外,谁知道甚时能回来? 外父回答,甚时看见他的骨头,我甚时再给闺女另寻人家。

他真回来了,挣回八块大洋。

和他结伴出口外的是个叫李二爸的后生。两人一路讨吃回家,走哪儿宿哪儿,荒村、破庙、大路边;两人替换着,你看行李,我去讨吃的,就这么相帮搭伴回到了故乡。

李二爸的女人,是讨吃讨到这村里的。逢人问,谁肯收留我? 李二爸光棍一条,就收留了这女人,两人活成了一家子。只可惜这女人一辈子不开怀。

这里的人说起女人,有一个最坚定的标准。村里有一个放羊老汉,因为穷,四十岁上讨了个没眼的女人,人们说,"这女人没眼,可一气养下四个儿子。"让人感到,生育的本能有一种理直气壮的神圣——是这沉默酷烈的土地的准则。

中午去一户高姓人家坐了坐。这高姓虽说是"原占",如今却是这村里的小姓,只有兄弟三人在村里立着。这老汉看着十分面善,一笑,叫人觉得可信赖而且谦恭。或许是因为小姓而势单力薄,处处要赔小心的缘故? 这家大女儿离婚四年了,生养了两个儿子,大的留在了婆家,小的自己带着。我们一边说话,她一边给儿子用篦子篦虱子。人生得很白净。

一家人都在工地上干活,大儿子开小四轮拉沙,老汉用小毛驴拉沙,老伴则砸石头,震得满手都是血口子。而离婚的女儿却在家做饭,当妈的说,女儿眼疼。

四点半从安太堡出发,徒步前往平鲁县城(井坪镇)。沿公路走了十多里,一辆小面包车从我们身边驰过后停了下来,原来是省电台的车,车上的人认出了我俩,盛情相邀,只好上车,一路开到县招待所。原来,这里明天要召开纪念抗日归侨李林烈士牺牲四十五周年大会,规模很大,中央动议,全国侨联发起,省委主持召开。这两天这里将是全省最红火热闹的地方,全国五十多家新闻单位都派人来了,中央、省委均有要人出席,看来我们得在此停留一天了。

4月26日　星期五　晴　风

上午应邀参加了纪念李林烈士牺牲四十五周年大会,午饭后,我俩便悄悄启程了。

二十二里路,走了三个小时。风极大,一直上山。徒步走完在山西境内的路程,是我俩的共同决定。也许我们想用这种方式表达我们对这片土地、对"走西口"这段历史以及前人的敬意,也许什么都不为,就是想行走——那是生命盛年的需要。

越走,黄土高原越显得荒凉,大路上几乎没有人烟。这里老百姓有句口头话,"地赖""土瘦",所以才往口外去讨生路。有些

211

小小的林子,光秃秃的,长不成材。有些地方几乎要沙漠化了,地名上也多有反映,有条干涸的河,就叫"大沙沟"。河川里风大得能把人掀倒。途经一个叫"店梁"的村庄,晚上就在担子山借宿。

运气不错,找村支书,支书下地不在,支书的侄子把我们领到了自己家。这家的老人叫"芒女子",芒种生的,人又热情又爽快。十三岁(民国十八年)遭天年,让自己的姑父把她从口外托克托县领进口内,照传统"卷席筒"的方式卖给了人家做童养媳。她一生生养了七个孩子,四男三女,老汉十一年前去世了。

这位老人是个苦命的老人。但说起往事,说起一辈子的苦辣酸辛,也就那么短短几句,还很淡然、爽利,像说别人的事。

支书下地回来,我们便来到了支书家。支书姓陶,五十岁了,是个精明人,见过世面,早年间在和林格尔念书,当了十几年支书,后来又在公社机修厂当厂长,包产到户后,回村种地,去年又被选为支书。他家院子里拴着大犍牛和骡子,窑里贴着闺女在学校的奖状。他说他有五个孩子,最大的心愿就是要供孩子念书上学。家里确实没见什么好摆设和值钱的物件。

这村子历史久远了,早先,不知哪朝哪代以前,这里叫三千户。三千户人家的大庄,在这方圆想来一定颇有名望。村南有天门山,天门山沟里有纸坊遗址。村人说,有纸坊的村子就一定是个富庶的好村子。后来,不知怎么毁灭了,据说是遭了地震。

现在这村子叫"担子山"。其实应叫"弹子山"。这里方圆的村名、山名,都和兵家有关。比如,村东南有营盘山,村正南有校场坪。到处可见烽火台。据说这村名是杨六郎带兵戍边时流传下来的,有句民谣这样讲杨六郎,说他"脚蹬雁门关,手扳弹子山,一箭射到大青山",据说现在内蒙古大青山上还依稀可看到那箭的射痕。

这村有二十个姓氏,姓付的是大姓,有四十多户。但势力最大的是赵姓人家。不过土改后,赵姓人家就衰败了。村里原来有庙:老爷庙(关帝庙)、龙王庙、奶奶庙、财神庙,还有一个特殊的庙,叫古红眼庙(?),名字记不准,听不清也弄不明白,但知道供的是一个特殊人物。传说,有一天,这个不知名姓的人问自己的娘,这世界就这样? 娘回答说,就这样。于是他就不想活了,生生饿死了自己。死后,人们就给他修了一座庙。这座庙的来历让我很惊诧,听上去这一点也不像中国式的哲学,倒像是发生在印度的故事。这确实是一个有意思的人物,更是一座有意思的庙宇。只不过这庙早毁了,但即使现在,村里殁了人,亡了人,人们还是要到"红眼庙"里烧张纸。

附近还有座儿女山,传说,谁想要孩子,便从沟里拣一块石头放在那里,天长日久,那里便堆起一座山来。

晚上宿在老陶家里。出来解手,看见了在城里永远看不到的星星和月亮,那么亮,那么清晰,那么冷和美。

这里的女人、媳妇对我说,看你们穿的这艰苦衣裳! ——她们叫牛仔裤是"艰苦衣裳"。

4 月 28 日　星期日　晴

　　早饭吃莜面窝窝（又叫栲栳栳，至今我也不知道这种食物的正确写法），麻油调和。支书的女人送我们去一户赵姓人家，顺路进去给芒女子张大娘照了相，也给她的外甥媳妇和支书女人各照一张。张大娘还特地换了干净的衣裳。

　　这赵姓人家的主人叫赵世富，1947 年，他报名参加了武工队，到内蒙古清水河韭菜庄打顽固，即同傅作义的部队打仗，也就是小股的骚扰。傅作义部队骁勇善战，且冷酷严烈，凡收留八路者，全家活埋。所以武工队在那里扎不下根。赵世富干了三年武工队，用他的话说，背了三年炒面袋袋，在崖下跌伤了胳膊，只好转到地方上干行政工作，当过副区长，也在县邮电局干过。现在离休在家，开了一爿"留人小店"。院里住着从原平来的受苦人，都在采石场干活。

　　上午从担子山启程时已有九点多了。行至交界，遇一年轻农人赶着两头毛驴迎面走来。毛驴各驮两个红花条编成的箩筐，缓缓从梁上下来，有一种天长地久的从容。抢拍了一个镜头，被沟底下的人看见了，便在沟下喊："照相的！照相的！下来给照张相！"我俩笑了，急忙走下去，走进一家庄户院，一条极凶的大黑狗，狂吠着，被一小女孩用手蒙了眼。院子里，摊了一地的莜麦在晒,晒出了粮食的香气。我们进屋,有个年轻女人抱着孩子在炕上,正是刚才招呼我们的人。"照相?"我们问。那女人便很精明地打量我们说:"先看看你们的相,好了才照呢!"又问:"多少钱一张?"我说:"不要钱,拿故事换。"女人茫然不解。我们笑了,解释半天,女人虽然听不明白,但还是让我们给那小孩子拍了照片,就坐在院心晾晒的莜麦上面。女人的眼睛里,始终有着对我们的犹疑和猜测。

后来我们问,这村里可有人出过口?一个年轻后生便把我们领到了一户人家,只有夫妻二人,女人病在炕上,已有七八个月的身孕,河北人。男人叫张旭,属马的,和我同岁,刚从口外归来。原来张旭是个赤脚医生,1977年才出口,到内蒙古巴蒙地区五原县海子堰公社落户。当年因为出身有问题,高中毕业后,他开始自学中医,学针灸,却一直领不到行医执照。无奈之下,一冲动,出了口。后来把全家人都迁了出去,在口外考了执照。这是"走西口"的新故事了。新时代的走西口。这个"口外"啊,它真是拥有无所不包的宽阔的襟怀……

张旭的父亲,用张自己的话说,是个地痞。嗜赌,十三岁便学会赌钱押宝,家里原有二十多垧地,全让他卖光了。还不清赌债,让人砸了锅,脸上挂不住,跑到太原当了阎锡山的兵,竟混了个连长。临解放前,一看大势要坏,衣裳一扯,名一除,谎说病了,洗手不干离了部队。后来娶了个交城女人,在外父家住了一年,住不

215

下去，跑回原籍。至今还爱摆他连长的谱，和孩子们处不好关系。

从交界出来，在西水界一家小饭馆吃午饭，然后经大路庄、半坡东、大盘村、小盘村、三里庄，到平鲁老城。一口气行四十多里，顶着塞外大风。这路是条小路，人烟极其稀少，爬坡过沟，常疑心走错了路。怪不得民歌里要唱"走路你走大路，且莫要走小路"，风大得使人背气，常常站不稳。这样飞沙走石的大风天，没有急事，谁会上路呢？

这里的山显得高峻了，山上也裸露出了石头，已不是纯粹的黄土。从大盘村附近走进一条沟，一直通向平鲁老城。沟里有一处山坡，居然覆盖着一层灰黄透绿的草皮，从中渗出细细一条绿汪汪的溪水，与四周干旱、枯黄的山坡迥异。坐下来歇歇脚，看着那草坡、那水，突然眼睛就湿了，心里有一种感动的疼痛。觉得那水，像是从神秘的混沌处流来的生命之泉。

沟里有了响动，原来是驮水的农人，赶着小毛驴，驴身上驮着大木桶，说是从三里庄驮回水来。一问，他们是三百户村人，驮一次水，要这样走五里路。

生存是这样严酷的事。

到平鲁老城时已经快下午六点了。这条沟一直通到平鲁外城城门。找到公社，住下。这里的一个副书记姓边，农学院七七级学生，戴眼镜，小个子，眼睛鼓鼓的，大大的眼白。还有一群年轻人，是一群文学青年，知道我们，对我俩非常热情，晚上就在我们下榻的窑洞里聊天，一直聊到很晚。

风太大了。据说，在平鲁这风也算是大的，半夜里，公社的一个烟囱被刮倒了。这里有一句民谚，"春风号破琉璃瓦"，原来这是真实的描述而非形容。加上今年天旱，所以风便格外大些。这里的老人骂年轻人，说，看你们连白面吃着都不香了，非叫你们遭天年不可。

果然今年就旱了。人们说，该唱台戏了。一动响器，天才会下雨。

今天一早，和这里的石书记还有小徐上街，碰见一个老汉叫杨二仁，原来是教书先生，我们聊起来。老人是个五保户，今年已经七十五岁，个头小小的，拄拐棍，看上去挺精神，正要到北街外甥家里去。我们就一路跟他来到外甥家，闲谈一上午。杨老人是个乡村小知识分子，在私塾里念过百家姓、千字文，读过《论语》《孟子》等，也上过县里的高小，是个有性格亦有意思的人物。他给我们讲了平鲁城、北固山，也讲了他自己的故事：初解放时，他在七区扫盲，后来就留在那里教小学，但因为家里的几垧地没人种，就回家种地了，用他的话说，"没领上细粮本本"。老人因为喜欢作诗，在"文革"时因诗获罪，被打成了反革命，让人捆起批斗。他的诗听上去就像大白话，你可以说有"元白遗风"，当然更像是打油诗，比如："垫圈逢酷暑，汗流满头珠。劳动一整年，负债粮亏口。到头无所得，腹气胀如鼓。"诸如此类。

他"直抒胸臆"的癖好至今不改,前些日子因为领来的新棉衣不合心意,于是赋诗一首:"当赐五保缝衣宽,官僚干部无人管。巧碰裁缝叫杨蛮,偷工减料把污贪。又薄又窄捆绑身,虽然供给心不欢。"

这位老人,让我想起了同样爱写诗的我朋友的父亲……

这里的人爱家乡,一提起平鲁城,真是十分骄傲,都说这座城是"凤凰城"。我们告别了杨老人,和小徐登上了北固山。北固山以前从没听说过,只听说过辛弃疾的北固楼。可本地人一提起北固山,便如提起一处圣地一般。据说当年大同、内蒙古的说书人说起北固山来,说半个月从山顶还下不到半山腰,可见故事、掌故之多!登上北固山,纵览平鲁城,委实像一只振翅的凤凰:南门是凤头,左右两眼井是凤眼,两边两座小山峰,是凤翅。凤尾便是北固山了,山后还修出一节古城墙,颇像翘起的尾羽。平鲁城有东、西、南三座城门,城墙还隐约可见,沿山势而下,远远地,看得见古长城遗迹。这里的山已有荒漠的味道了。东城门外是校场坪,可以想见古时征战、戍边和遍山的烽火。

山下有两池蓝莹莹的水,在荒漠般干涸的土地上,熠熠闪耀,静静地一动不动,如同奇迹。

北固山原有很多寺庙,玉皇庙、五道庙、奶奶庙、老爷庙等。还有一个著名的千佛洞,当地人念成"天福洞",说是很神秘,没人知道这天福洞深几许,只知道扔一只鸡进去,半晌会飞出鸡毛。

没人敢造次进入洞窟深处。我们在洞窟里看了看,那传说中的洞口如今已被封死了,但见封死的洞口插根小树枝,枝上绑着红布条,看来是有人在此求拜过。洞口处有碑,记载着千佛洞修建于明嘉靖年间,是个僧人在此建造佛像。碑文我们抄下了。只是,千佛洞里所有的佛像荡然无存,整个北固山,没留下一点当年的遗迹,历史的遗迹。唯有最高处矗立着一个牌坊似的水泥物件,光秃秃的,一问,才知"文革"时那里挂过一幅毛主席的巨像,立于众神之上。后来人说,不好,糟践领袖哩,让毛主席给咱瞭哨了!于是又请了下来。所以,如今的北固山上便什么都没有了,没有一个神,也没有一个人。但人们,连很年轻的人们,仍旧念念不忘他们从没见过的、繁盛时的北固山,念念不忘繁盛地活在历史中的平鲁城。

如今的平鲁城和北固山一样,一派破败荒颓的景象。很少有什么地方能给人如此强烈的破败的印象。早先的平鲁县城设在这里,1951 年县城迁至井坪镇,这里便衰落了。灰苍苍一片残垣断壁,像个风烛残年的迟暮老人。这便是从前的边境重镇!

下午我们走访了周崇礼老人。老人早先当过地方上的学校校长,现在还是县人大代表。老先生知书识礼,说话很清楚。他给我们梳理了平鲁老城的历史:平鲁城建于明朝成化年间,最早城墙是土城墙,一出边城就是蒙古人的地盘。平鲁城早先叫平虏卫,清朝时改为平鲁县,也是它最兴盛的时光。北固山上的庙宇大多是那一时期修建，那时，一到夜间，在山下远观，只见北固山上七星灯闪闪烁烁，钟磬笛管清脆悠扬，山下是繁密的万家灯火，真是不夜的繁华！民国后，军阀混战，阎、冯大战，晋、奉大战，一会儿是卢占魁，一会儿是三十一军，又烧又叼（抢），几遭兵乱。再后来便是日本人一蹲七年的糟蹋，拆庙、拆房，为的是拆房子烧木料！烧了第一高小，烧了简易师范，烧了大大小小的牌楼，烧了数千间民宅，平鲁城就这样一毁再毁，面目全非了。解放后，县政府迁至井坪，人们又拆了不少城墙。学大寨是最后的毁灭，城墙、铺街的石块统统让人挖去修水利，结果是，修下"72个半截子"，劳民伤财。

过去的平鲁城，有不少大买卖，清朝时光当铺就有四五家，商号十几座。民国时，大小买卖也还有五六十家，著名商号有"永聚金""三益隆""丰恒泰""复源长"等等，贩山货、茶叶、羊毛、米面等，还有票号，还有忻、崞两县的买卖字号，数不胜数。大街上，日日走着贩货的高脚驼队，南来北往，昼夜响着清脆悦耳的驼铃声。

俱往矣！

这里的民俗也很有趣。比如，腊八时要"放红粥"，熬红稀饭，用豌豆皮煮红水，在院子里垒一个冰人，舀一勺红水浇到雪人头上。冬至时要"闹冬"，半夜里啃骨头吃，啃猪、羊头，或是猪、羊蹄。二月二是"龙抬会"，要在五道庙请乐手吹打，因为二月狼围窝，生小狼，是请五道爷降狼的。四月十八给奶奶庙上香，烧"满堂鞋"，挂红，跪香，香灰一落地，便磕一个头……还有迎亲嫁女，要设"床公""床母"之位，还要射箭，黄纸贴在箭上，上面写"南斗七星，北斗六郎"，也不知是什么缘故。

城里不光有庙，还有教堂。民国初年，有一个传教的牧师，叫纽林芝。自然还有信众。教堂就建在医院的边上。现在教堂当然没有了。如今北十字街上有钟楼的遗迹，地下铺了几块碑文，是奶奶庙、关帝庙的碑文。钟楼拆毁了，从前街上的大牌楼及贞节牌坊都没有了。

如今这里家家躺柜上、米缸上、门楣上要贴红纸条，如"米面如山""抬头见喜""取之不尽""出门通顺"等等。杨二仁老人家里贴着杨柳青的年画。今早去一个叫李寅虎的老人家，见他家窑里贴着"燕青卖线""三打陶三春"等，色彩十分热闹鲜艳。

很多老人在当街上晒太阳。其中有一个老人，也走过西口，却是土改时出口的。因为他当过日伪时期的旧警察，土改时吓得跑到了口外。这位老人七十三岁了，有两个儿子，一个儿子瘫在床上，只能靠另一个儿子养家糊口。儿子们都没娶亲，一家人三条光棍，老伴儿早死了多年了。

明早便要离开这里了。不知以后是否还能来此地，还和这北固山相见呢？

4 月 30 日　星期二　晴

昨日一早出城,小徐送我俩出东门。有太阳,但天是黄蒙蒙的,下午要起大风。好在我们是朝东北方向走,顺风顺水。走出很远回头眺望,和平鲁城默默道别。

中午在一个叫花家寺的村庄吃饭。这里已是右玉县境了。风已经大起来,村里管事的将饭派到了一户李姓人家里。这家主人叫李先成,七十一岁,但看上去比真年纪要年轻。他早年出过口,和村里一个后生搭伴,出七墩,到过和林、呼市、武川,给人叼工(打工)。最后在武川县给人拔麦子时,叫傅作义的部队给抓了兵。当时是半夜,他正睡觉,村里人欺他是外乡人,叫军队上的人一绳子捆了他。他在傅作义的部队里当骑兵,南征北战,到过河北、甘肃、宁夏,后来随部队起义。解放军围城时,他正在北平,驻防在西直门一带。起义后,又当了三年解放军,最后从西北转业回家,娶了一个寡妇。那时他已经三十八岁了。寡妇女人带来两个孩子,又和他一气生下五个,如今亦是儿孙满堂了。

这家女人比丈夫小十岁,头一个男人早早死了,也是长她十岁。当初成亲那年,她虚岁十四,便做了二十四岁男人的媳妇,生儿育女,当起女人来。我问她要了多少聘礼,她笑得很淡,说,唉,忘了,那时候便宜呀!

初来乍到,萍水相逢,有很多事是不好深问的。这一路遇到了不少人,谈起往事、经历,都不过是短短三言两语。备尝艰辛的一生,就像一股淡淡的水,远远流走了,无风、无浪、无声、无息。而我们又没有采访的经验,更没有诀窍,反而觉得自己这样惊扰人家是对所有伤痛的不尊重。我知道那些我们捕捉不到的、流逝的东西是珍贵的,但,它们有权利选择沉默远去。

那我们来做什么?

午饭吃的莜面窝窝和搓鱼鱼,很好吃。调和很香。显然这家女人是过日子的好手。饭后给人家饭钱,死活不收,无奈,我们给盛情的老人家照了一张相。

这家的女儿打扮得很入时,像城里姑娘,烫过的头发高高隆起别在脑后,是个初中毕业生。无论我们在外面干什么,她始终一个人趴在里屋的炕上练毛笔字。我翻翻她的本子,见上面有小楷抄成的一篇小说,问她,她说那是她三哥写的。只可惜我们没见到这个"文青"三哥。她还告诉我,两天前这里唱了两天戏,连本《刘公案》——想来是为动响器求雨。我问她可喜欢看旧戏?她回答,听懂了就爱看,听不懂就不爱看。

李先成老人送我们上汽路(公路),天已是昏黄一片了。风奇大。在一片草坡前留影,风吹得相机直抖。一路行来,没见一个路人,也没见一辆车。下午五点多钟行至一个小村叫牛家堡,便决定歇在那里。牛家堡村前有一个小水库,碧绿碧绿,湾在一片昏黄干渴的沟壑间,看去又温柔又孤寂。

一天共行五十四里。

一进村,便看见一排漂亮的砖房,一边是学校,一边是村主任家。主任的女人招呼我们进家上炕,一群打扑克的女人和孩子顿时围住了我们。主任的女人二十六岁,很爽快,说话高声大嗓,抽纸烟,奶头上吊着小娃娃。书记和主任都不在家。男人们都不在家,在灰窑上受苦,还没回来。

这里女人不下地。除收秋时到田里帮把手外,其余时间就是做饭,生孩子,奶孩子。现时正是农忙时节,我们走到哪儿,哪儿的男人都在地里受苦,种庄稼。豌豆种完了,种莜麦,又苦又累。牛家堡的女人们似乎分外悠闲,大忙时节,打扑克,坐在热炕头上说笑。她们都问我是否有孩子,都对我把孩子扔在家里表示惊诧,也都对我们只有一个女儿表示既惊诧又遗憾。

这年轻女人的公公,也就是村主任的父亲走过西口。那是1955年闹天年,老人赶牛车出口叨工。和老人聊了聊,没几句话,老人便去饮牛了。

晚饭就在村主任家吃。夜里宿在一户新婚夫妇家。这小两口去北京了,村人安排我和一个长得很白净的小姑娘睡在一条炕上。很累,睡得很香。

早晨天清气爽,是我们这一路遇到的最好的天气。步行三十里,来到右玉县城(梁家油坊)。途中穿过了一片大草滩,遇到了两个内蒙古来的小羊倌,是一对小哥俩,大的十四五岁,小的十二三模样,他用树枝架起自己的棉袄在身上背着,人憨憨的,不苟言笑，又有趣又让人禁不住心疼。他们给徐村放羊，一年能挣八百块钱。

给他们和羊照了相。

住县委小招，惊动了朋友和地方官吏。下午安排我们听博物馆胡馆长介绍了一些右玉县的情况。李锐病了。

这里人走口外的极多。有句民谚，"十山九无头，河水向北流。男人出口外，女人挑苦菜。"说的就是当年这里的生存状况。最后一句，据说是经过修改的，老话其实是"女人解裤带"。这里出口的人，大多出杀虎口，下归化城（呼市），翻过大青山，到乌兰花（四子王旗）等地叨工打短，或者定居。还有到武川、百灵庙的。这叫走前营。另有买卖人贩货，要一直走到乌兰巴托，这叫走后营。胡馆长的爷爷早年间就是跟商队拉骆驼走到库伦也就是乌兰巴托的。

这里说话已和平鲁不同。平鲁叫天灾是"遭天年"，这里说是"遭年限"。二人台《走西口》头一句就是"咸丰整五年，山西遭年限。有钱的粮满仓，无钱的实可怜"。

5月1日　星期三　晴

李锐病未好，上午到县医院看医生，说是急性肠胃炎。只好在此休整两天。

看《朔平县志》。选抄一二。（略）

5月4日　星期六　多云

昨日一早出右玉县城（梁家油坊），行四十六华里，傍晚抵右玉老城。中午在一个叫作"高墙框"的公社打尖吃饭。问地方上人，此地为何叫作高墙框，却没人说得清楚。就像前几天，路过周家花板、花家寺时一样，连老辈人也说不明白地名的由来。

此地绿化极好。出油坊，汽路一直没在林荫中，有时竟在小树林中穿行。与平鲁相比，差别很大。从井坪上路时，一路很少见林木，光山秃岭，视线极阔，可见极远处一座座烽火台。刮起风来，漫天飞沙走石，前不见人，后不见鬼。旋风起处，便令人想起大漠孤烟等边塞诗句。但右玉有树，且公路一直沿苍头河谷北上，一点不似平鲁荒凉。林丛里，时有野兔闪过，还见到一只羽毛美丽的野鸡。树多是杨树，那种小叶杨，已吐嫩绿，远远看苍头河谷，一丛一丛水柳，簇在一起，一团紫、一团绿，间有鹅黄，都是那种柔软湿润的颜色。有人在河谷间放牧，牛、羊还有马群，喜鹊也站在沙洲边，闲适地饮水。

右玉古城也颓败了。南门外，一片萧然，多是破房。但河谷很美，波光粼粼，让人动心。可惜相机坏了，右玉城里没人会修。不过，就算相机在我手里，我也拍不出这种旖旎的安静。

晚上住公社招待所。适逢公社举行"送旧迎新"会餐，欢送旧书记调任县法院院长。来了武装部的几个负责干部，摆了六桌，菜肴颇丰。看他们兴高采烈互相敬酒,呼叫声一直响到晚间十点多钟。我们早早退了席,自然也喝了一些啤酒。喝啤酒之风已经席卷到山西最偏远的北寨了。

今早不到七点即从右玉老城出发,往杀虎口。行二十多里。是一段轻松的路程。杀虎口自古以来就是边寨重镇,古长城上一处重要关隘,《水经注》中对杀虎口就有记载。唐时称它白狼关,宋时称牙狼关,后改为杀胡口,清时易名杀虎口。古长城遗迹沿山势蜿蜒,依然可见,现在往呼市去的汽路就从此口穿过,依然是两省三县交界处。民国时称它为栅子围,那时山西禁大烟,禁赌,绥远不禁,人们便迈过门槛到栅子围那一头去过瘾。传说山西守更士兵就睡在城门洞,脚在山西,头在绥远,就可以吸洋烟(大烟)。当然那只是传说而已。

这里是我们走西口山西境内最后一站,也是我们徒步之旅的结束。从这里,我们就要乘车前往呼和浩特了。

5月6日　星期一　多云

在杀虎口空等一下午汽车,落雨了,车仍没来,只好从车站返回公社,当夜就宿在了杀虎口。第二天一早便又走到站牌前等汽车,一直等到下午快三点,而汽车就像戈多一样怎么也不见踪影。有人说,大同来的车坏在梁家油坊了;有人说,因昨夜下雨,车根本没发。谁也搞不清是怎么一回事,电话又一直打不通。终于知

227

道"等待戈多"不是荒诞的想象，而是再真实不过的现实境遇。下决心不再等了，和其他等车人一商量，拦下一辆拉货的大卡车，爬上后车厢。车极脏，坐在露天的车上吹三个多小时的风，下车来已不像人样了。货车司机当然是收钱的，人人都按班车车票给他付价。他对我们挺客气，只各收我们一元钱。

露天乘车的好处，是有极好的视野。出杀虎口，车一直沿浑河河谷西行，两岸的山紧紧夹着河谷。沿途遇见一些小村，看去都很穷。山是秃山，有些地方已全是石头，看上去狰狞又荒凉。可就是这样一片土地，和山西有着割不断的血亲。

当晚住巴彦塔拉饭店，"巴彦塔拉"蒙语意为丰饶。这里的姑娘很漂亮，装扮入时，且带有一种异族色彩，是在别处看不到的。呼和浩特城区不算大，很紧凑，绿化比太原好，物价昂贵，人也要粗犷一些。

今早去《草原》编辑部，见到宋、赵二位编辑，他们很热心地接待了我们，又领我们去自治区或区文联组联部，换介绍信，安排新住处。本想去看看昭君墓，但时间不合适，只好作罢。

5月7日　星期二　晴

一早搭文联卡车去乌盟盟府所在地集宁市，行四个小时，见到盟文联主席张永昌先生，他招待我们在他家吃午饭，然后便匆忙搭公共汽车往察哈尔右翼中旗。是张永昌先生建议我们到察右中旗去,他说那里山西人很多,而且开发后大滩时间比四子王旗早。于是我们便急忙奔赴中旗。

中旗过去叫陶林,这一路也常听老乡们挂在嘴边。中旗最早叫科布尔镇,听这里的文化馆书记贾友仁先生说,"科布尔"蒙语为蓝色的湖泊;而另一位老人于老师则说,"科布尔"即软绵绵的意思,因为这里多沼泽。还有另一种说法,科布尔是牧场,年年转场来这里的羊不剪羊毛,由它自己像骆驼毛一样脱落,所以,科布尔到处都是软绵绵的羊毛。

总之都挺有诗意。

今早便生出一个念头,想写一个移民村子。这里有很深厚的历史和文化积淀,也有一种史诗的神秘。我们在这里碰到宣传部一个极热心的先生老王,他告诉我们,他的先祖从山西定襄出口来到此地,在离科布尔镇十几里的地方开一商号"义兴泉",经营布匹、马群,后来这个村庄便以"义兴泉"为村名。略一考察,发现此地乡名、村名多以旧时商号来命名,如"广昌隆""广益隆"等等。广益隆当年经营粮食,是家粮行,这一带管经营粮食叫"六成行"。这引起我们极大的兴趣。看来对于后大滩的开发,是和商业有着极密切的关系:当年山西人一是靠劳动力,一是靠着经商,才在这广袤荒凉的草滩上扎下根,在这游牧民族的土地上留下农耕文明的足迹,也留下了自己的血脉、宗族和文化。这是一片有着史诗性的土地,不仅仅是移民的史诗,它应该埋藏着更多至今不为人知晓的秘史。

科布尔镇有很多经商的山西人。离镇不远，有一个灰腾梁，据说那里草鲜水好，传说有九十九个海子，草盛时，可没住人腰。想来最初来到科布尔的人们，一定是要选一个好地方的。这里广昌隆乡有一个黄羊沟村，村人多为山西浑源人。有一个三道沟乡广沂营村，多为右玉人。这些都属后大滩。以察右中旗来讲，阴山支脉二道坝为界，二道坝前为前大滩，二道坝后则为后大滩。开发后大滩，山西移民、山西"走西口"的前人不知抛洒了多少代人的血汗。

今天要找的二位均未见到，却意外碰见一个热心的老王。晚饭后，我们去见周局长，仍未遇，却在一家小巷口意外碰见一班乡下"鼓匠"。这里有人家殁了人，请来这班人吹打弹奏。人们说这是广昌隆乡小东滩的鼓匠班子，比街上的班子还好——也不知这"街上"可是指县城的班子？听他们吹了两段曲子，其一便是《种洋烟》。很多人围着看热闹，不断有人要求，"吹段《走西口》！"可见这里人是极爱听"走西口"的。至今此地人酷爱晋剧，今夜这里就有自己的晋剧团演出《凤仪亭》。

5月8日　星期三　晴

早晨约好和于老师谈话，整整谈一上午。于老师名叫于申年，原籍定襄于家庄，出身于商人家庭。十六岁（虚岁）高小毕业，东北沦陷,再也念不起书,便和本家叔叔徒步走西口,一天八十里,出雁门关,出外长城,从此便成了一个口外人。

我们再向他请教科布尔的历史。他说科布尔的开垦大约在清朝乾隆年间。原先这里是一片草滩,后拓为耕地。曾经有许多商号。当年建旗图书馆时曾拆毁一些旧房,旧房的椽条上画有八卦图,别着筷子和五谷口袋,上写"乾隆三十六年"。此地买卖家(商家)都是商农结合,是商号就都有地庄子。科布尔四周有东西南北"四壕堑",从前在四方壕堑之内可种地,当年有专设的放地机构。

这些史料不知是否属实,查旗志,什么也查不出,中旗的旗志写得糟糕极了。

下午我们便赶赴广昌隆。广昌隆是科布尔最富足的地方,土地肥沃,出产小麦,地是"灌地"。有银弓山,据说此山有墨金矿。车是从呼市开来的,迟迟不到,一直等到六点才姗姗到达。在黄羊城下车已经是傍晚七点了,暮霭中四野显得极阔,远处平缓的山坡,围着一片拓垦出来的麦田,深深的青色,倒愈发衬出了田野的辽阔。太阳从银弓山栽下去,银弓山苍青峻伟,在一路平缓的山背上忽然划出很奇特的曲线,静静的,黑黑的,很神秘。

非常不巧,在广昌隆乡遇到一群"大人物":副盟长、旗长及一大批随从在此巡视,天快黑尽了,我们还没吃饭,除了乡政府,周围没有可投宿可打尖的客栈旅馆饭铺。这里的书记连我们的介绍信都没工夫看一眼,就匆匆把我们打发给了一位副乡长。这人一只眼睛斜视,和他说话,不知该看他哪只眼睛。有时你觉得他在看你,其实他看的是别的地方。没有电,点一支蜡烛,我俩在昏暗的烛光中坐在一间空寂的屋子里,偶尔,那副乡长进来和我们寒暄两句,便又匆忙跃出,并一再声明饭做不出来,要我们等着。我们等、等、等,一直等到晚上十点多,才有一个小伙子领我们进伙房。路过旁边屋子,看到里面一排大炕上摆设着好几只炕桌,却早已是酒残人散,杯盘狼藉了。伙房给我们一人一碗早已泡乏的面条,虽然很饿,但吃不下——真好像是向人讨饭一般。

这群大人物把好一点的房子全占用了,特意为他们从村中借来干净的被褥。有人把我们领到"客房",一进门,我们就傻眼了!只见里面浓烟滚滚,满地脏东西,满地垃圾。光秃秃的土炕上扔着两垛黑乎乎的玩意儿,后来知道那是被褥。我们一边咳嗽一边想办法驱烟,怎么也驱不尽,因为热炕不起火,却一个劲从炉缝里往外冒烟,一直折腾到深夜十二点多,没办法,只好用水将火彻底浇灭,敞开房门,和衣凑合一夜,那铺盖自然是没办法盖的。第二天,管事的人伸手问我们要了房钱。

这一路,盖过脏被子,睡过有虱子的炕,住过肮脏的房屋。但,再脏脏不过这间房、这盘炕,因为它无情。

5月10日　星期五　风

昨日晨赶到黄羊沟大队,找到支书。支书恰好忙完了春种,在家歇息。他领我们走访了张三后生、杨大富、杨二富等人。支书待人也不热情，但看来是脾性如此。

黄羊沟当年多黄羊，据说满山满滩的黄羊群是这地方的主人。如今当然一只也看不到了。村里多是浑源人，村庄的历史不算久远，真正的"坐地户"是张门和李门两家。他们称自己是"后山人"。张门祖籍山西忻州东红院村，早年间，有个叫张泰的人来到黄羊沟，那时黄羊沟还是牧区，地就是张泰开垦的。他们从蒙古人手里买下黄羊沟，据说是几个人合股买，再各自分开种。至于这里和"广昌隆"商号是怎样一种关系，仍旧是个不明白，但肯定是有某种关系的。张泰初来时，搭个茅庵，下面挖坑，上面搭蒿子。这里的蒿子能长一房高，像麻秆，人就住在那里头。种小麦、大麦、莜麦、菜籽、山药和洋烟（大烟）。张家因此发起来。到这张三后生，已是第五辈了。后来，来了李家，李家定给张家一个闺女，在此落下脚。其后，于门、刘门、杨门，都是这样搬迁来的。根根蔓蔓，牵扯在一起。

张家后来败了。这里有句话，叫"张家塌，李家发"，李门最早来黄羊沟的祖先叫李心宽，他是个能耐人，最早给张家当长工，闹了个结拜，从张家手里闹出点地，张家还不肯给他熟地种，给他东山坡上的新地。但后来张家抽洋烟，把家产一点一点卖光了。张家卖，李家买，李家成了大财主。这里人说，李家最富时，有百多条大牲口，十六七犋牛，套上犁，一口气犁到东山上都是他家的良田。李家的柴火垛掏个洞,安上碾盘当磨坊,不小心失了火,两个月都没烧完这柴火垛。他立起一个村子,就叫"新地方"。

李心宽当然也是山西人,原籍山西阳曲县。

中午我们来到张家老坟看了看。坟在西坡上,孤零零五个大土包,无碑、无字,什么都没有,甚至连草也不繁茂。没有播种的田地,辽阔无边的田地,寂静如海,他们就永睡在这大寂静中。阳光突然穿过云层,洒下来,那么耀眼。我从没有在白昼体会过这样明亮的辽阔无边的寂静。

下午赶到黄羊城等汽车。仍旧是姗姗来迟,一直等到我们几乎绝望时才看到它的影子。到广益隆时已是晚上九点了,黑灯瞎火找住处,找到公社,这里正搞民兵集训,住房紧张,且无人管事,忙乱半天,总算给我俩各找了一个睡处。还是其脏无比的被褥,并且没有一口水喝,晚饭就更没有了,说,明天早晨再吃吧。饿着肚子,胡乱睡一夜。

广益隆从前是一家村,全村的土地都是崔姓人家的。崔家是大户,有堡子,养家兵防土匪。关于崔家,有许多传说,说当年康熙爷御驾亲征时曾病倒在崔家,也有说这位爷微服私访时到过他家,总之,在崔家住过一段日子,崔家接驾有功,康熙爷后来就赐崔家三股枪、黄马褂,说三股枪插到哪儿,哪儿的地就姓崔,因此这崔家很肥富,子孙也颇多。当家的有两个,崔志如和崔六。都说崔六打得一手好枪法,家里雇了六七十个长短工。我们走访了一个叫倪二娃的老乡。倪二娃小时候就是给崔家放羊的,他爹则是广益隆崔家的长工,山阴人,给崔家赶大车。而现在,从前赫赫的崔家旧宅,成了一大片蓄水池。

我们还走访了崔志如的二儿子崔仲让。崔仲让完全一副老农形象,说话极其小心,只说他是瞎汉(文盲)、庄户人。养家兵是为了防土匪,这里土匪闹得很凶,最出名的叫个"干豌豆"。他说当年土匪一来,人们就跑到堡子里崔家院子,崔家管吃管喝,土匪走了才回去。他的父亲和叔叔土改时都死了。

关于广益隆的村名,据这个崔老二说,是根据丰镇二爷爷的买卖起的。当年崔家弟兄三人一起出口,一人在丰镇,一人在大营子,一人在此地。别的他就不知道了。但我们因此知道了一点,这崔家,应该算是"走西口"的先行者,还知道了,广益隆这村名,确实是起源于商号。

中午挤上一辆汽车,三小时后,抵达四子王旗。明天,就要返回呼市。我们走西口的行程,告一段落。走了短短这几天,告别时,忽然有一种深深的不舍。晚上餐厅里有人聚餐,乌兰牧骑的歌手在给他们唱《祝酒歌》。没人给我们唱歌,但我们手中有酒。我把杯中的酒洒在了地上——我敬所有曾走在这条路上的生灵。

再见。

2014 年 2 月 17 日整理于北京

关于李锐

　　写他，这还是第一次，不怎么习惯。曾经有一次评论过他的小说《银城故事》，因为是评价小说，不涉其他，所以不算。

　　常常有人问我这样一些问题：比如，你们的家庭生活是怎样的；又比如，你怎样评价你的先生，等等。在接受媒体采访或者是做讲座时，遇到这一类的提问，我的回答总是轻描淡写，无关痛痒。两个作家，在一个屋檐下生活，在一口锅里吃饭，人们大概总觉得有些好奇，其实，普天下在一个屋檐下生活，在一口锅里吃饭的，除了同性恋和帝王，还不都是一个男人和一个女人吗？这世上任何一对男人和女人的故事，又岂是三言两语能够说得清道得尽的？

　　有一次，在我的母校——太原师范学院做讲座，听众是和我隔了 N 代的学弟学妹，主持人则是我的朋友。同样的问题又来了，一张一张纸条传递上来，问着大同小异的问题。这一次，朋友将了我的军,说:"你就说一说,你眼中的李锐是什么样的一个人吧!"

台下立即起了热烈的回应,像是对我的围堵。

于是,我想了想,说道:"有一个诗人,保尔·艾吕雅,他写过这样一句话,'男人只会变老不会成熟'。只会变老不会成熟,这,就是李锐。"

人们大笑。

我又说:"《红楼梦》中有这样一段经典的描述,贾宝玉到宁国府看戏,人们特意为他预备了精美的房间午睡,可是当他一走进去,看到迎面的《燃藜图》,立即心生不悦,再一看两边的对联,写的是:世事洞明皆学问,人情练达即文章,立刻转身掉头而去。而李锐,也是会在和这样一副对联遭遇时,掉头而去的那个人。"

没有人再笑了。

其实,这样说,是匆忙中的应对。李锐其实是一个非常矛盾的人。一方面,他永远做不到"人情练达",中国文化中处世的智慧或者机巧,是他深为反感的。对于文人雅士所推崇的"淡泊以明志,宁静而致远""难得糊涂"这样的人生信条,他永远怀有深深的警惕甚至是不屑。这也是和他在一起生活,最吃力也最揪心的地方。他毫无机心,也不懂得隐晦,更不懂"壕堑战",从来是口无遮拦,一激动就赤膊上阵。他骨子里有一种天真的犀利,还有着童贞般的狷介,而血液的沸点又太低,七十度的温度就足以使

237

它们沸腾不已。朋友蒋子丹称他是——热血中年。在许多时候，在许多重要时刻，他无遮无拦站在那里，就像草船借箭故事里，那插在船头上的草靶子，被明枪暗矢穿身，遍体鳞伤，却就连对我也不能说一个"疼"字。

他是小说家，却有着理性的哲思和思辨的热情，只不过，他是少见的那种不被任何理论所奴役的人。他不是那种我们常见的理论的奴仆和奴隶。有人读了他的某篇文章，立刻断言，李锐是一个自由主义者，是资本主义的走狗；而有人读了他的另一篇文章，又立刻断言，李锐原来是一个新左派！一会儿，有人说他鼓吹全球化；一会儿，又有人称他是狭隘的民族主义者。习惯了发放标签的人，不知道该把什么样的标签贴到他身上，也因此，哪个营垒里的人也不把他真正地当知己，当自己人。他永远都是独自荷戟的那孤独的一个。他坚持着自己"语言自觉"的呐喊，年复一年，可四下里，人挤人的人海中，却连回声也听不见一下。

可另一方面，在他的小说世界里，却常常弥漫着最悠长最宁静的意境，他的吕梁山，他的黄土旱塬，他的南柳村、矮人坪，他的拐叔、暖玉、二黑，他的老神树，他的窑洞土炕，他的连枷牧笛和耧车，他寄予了无限爱意的那些不幸的生灵和万物，在他们身上，我总是能看到中国文化中"诗意"的所在。他曾写过一篇有关沈从文先生的文章《另一种纪念碑》，他说："这个秉承了新文化运动洗礼的湘西人，以全新的眼光看待自己和自己的家乡时，就诞生了中国现代文学史上这一片最深沉也最美丽的森林。中国诗歌所最为崇尚的'神韵'和'意境'之美,在这片森林中流变成为一种不可分离的整体呈现。这是中国诗的传统向现代散文文体一次最为成功的转变。而弥漫在这些美丽的文字背后的,是一种无处不在、无处不有的对于生命沉沦的大悲痛,对于无理性的冷酷历史的厌恶。"能这样深邃地理解沈先生,我想,不是因为他慧眼独具,而是,这一切,也正是他自己的追求。你只有走进他的吕梁山,他的银城,你只有认识了他的暖玉和所有的乡亲,你才会知道,这个不通世故人情的人,他其实有着怎样深厚的爱与柔情。

我曾经在过年时拟过一副对联,上联是"人有锐气骨方硬",下联是"文关韵事笔自柔",起初只是想把我们两人的名字嵌进去,可是后来再一想,觉得这副大白话的对联似乎还有些意思,像是对他这个人的点评。记得有小报记者问过我,你认为什么样的男人是最理想的,大意如此。我回答不上来。其实,我心里是藏了四个字的:侠骨柔肠。可是在今天这样一个如此功利、如此险恶、毫无浪漫可能的现实世界,人人心冷似铁,"侠骨"只会给你带来无穷无尽的揪心和煎熬的日子。现实对理想的修正,可谓鬼斧神工啊。但尽管如此,那四个字仍然是我心里的一个标尺。

很多很多年前,我们刚刚认识时,他给我讲他的故事,我就是从那一天起,和他的吕梁山他的邸家河相遇。他讲午后的阳光,是多么静穆和慈悲地照耀着坍塌的土窑,他讲黎明前最黑暗的时刻,牛铃和吆牛的声音是怎样细碎悠长地散落在长长的田埂,他尤其爱描述吕梁山的星月,他说,月光洒下来简直就像一种声音。我泪流满面,那是我生命中十分重要的一个时刻。后来,二十年后,在我的小说《我的内陆》中,我这样呈现了那些一去不复返的时光:

> 从前,我丈夫还是一个知青的时候,常常徒步走六十里山路从他们那个叫邸家河的小山村奔向县城,然后再赶夜路回家。他曾经无数次向我描述那山路,长满橡树,还有野山楂。月光清澈得好像是一种声音,令人心碎。这个无父无母的孤儿走在山路上的苍茫背影永远是我柔情的一个秘密之源。

那是唯一的一次,我这样向读者袒露。

2006 年 2 月 3 日(正月初六)于太原

女儿的十年

2003年暑假,女儿回国度假,我从太原赶到北京首都机场接她,对我而言,这是一个最幸福的时刻。"非典"终于过去了,在这之前,我几乎天天在心里祷告,祈祷"非典"在暑假时能够仁慈地放过我们,让我的孩子能够平安回家。现在,神听到了我的祈祷——我的孩子回来了,在人群中,我终于看到了她,穿一件酒红色的"一生裰"衬衫,安静而漂亮,却前所未有地消瘦。就是在回到太原家里的当晚,她递给我一个磁盘,说:"妈,我写了点东西,你看看。"

里面,就是《姐姐的丛林》。

我不会忘记初读这篇小说时的震动。说实话,在此之前,我从来没有发现她有写作的禀赋,虽然在学校里,她的作文始终很好,她还是他们那所名校"校刊"的编辑,她也常常把她的文章拿给我看,读给我听,可我没有从中看出多少超越性,我总觉得它们弥漫着某种中学生的流行腔调，我把它们称作"贺卡体"和"文摘体"。也许，潜意识里，我拒绝承认一个事实，因为我打心里不愿意让我的女儿我最心爱的宝贝做一个以写作为生的人，一个写小说的人。我希望她能够在大学里教书，做学问，至少可以去解读别人的小说，我觉得她很有这方面的才能——这一点，我从来深信不疑。

她从小喜欢读书，还在初中时，她就读了福克纳的《喧哗与骚动》。起初，我不相信这本如此难读的书能够吸引她，可是我错了，我不知道她是以什么方式走进这个又繁复又茂盛的小说世界的，我只知道，她痴迷地爱它。更准确地说，她痴迷地爱着那个动人的、不幸的女主人公凯蒂。一连好几个夜晚，我们并排躺在她的小床上，听她给我朗读她喜欢的那些章节，凯蒂和班吉明，那个白痴弟弟之间宿命的深情，让她那么感动。可能，只有我知道，这一点，这种无法挣脱无可奈何的宿命关系，对她意味着什么。因为，我从她后来的小说中，从东霓和郑成功、从雪碧和可乐、从莉莉和猎人的身上，都看到了凯蒂和班吉明的影子，或者说，我从她所有的人物身上，都能看到这种影子：无法挣脱无可奈何的命运关系，像神和黑夜一样笼罩着那些她爱和不爱的人。

我一直以为笛安是个幸福的孩子，她是我们全家人的掌上明珠，虽然我也知道她常常不快乐，尽管她笑点很低。她严重偏科，而她就读的那所学校，有百年的历史，曾经是华北地区的重点中学,却严重地重理轻文。一个数学物理不好的孩子,在这样的氛围中基本被视为废物。我以为,这就是她全部烦恼和不快乐的根源。一个中学生,除了这个还能有什么呢?于是,我们常常宽慰她,给她描绘未来的光明前景,那就是,一个再不需要以数学成绩论成败的大学生涯在前面等待着她。也许,我比她还更憧憬和盼望这一天的到来。

这一天来了,2002年1月27日,我十八岁的孩子,我的小女儿,连一只袜子都不会洗的宝贝,只身一人离开了我们,漂洋过海,飞往遥远的异国他乡,从此,这一天,就如同刀痕一样刻在了我心上——我觉得,那是我又一次的分娩。

她从来没有跟我们说过“想家”这两个字,在电话里,她永远是快乐的,她快活地告诉我们,同学们给她起了一个外号:樱桃小丸子,这个外号让我心里一阵温暖和安心。她在信中,这样描绘着异乡的生活:

> 图尔是个很棒的城市,美丽而安静。还有一条看上去很温暖的卢瓦尔河。我们LABO课的教室就在这条河边上,每个星期我都得到河边来,坐一会儿,看看那些在岸上乱跑的狗,还有正在接吻的情人。

> …………

> 秋天到了。早晨推开窗子,闻见了空气中凉凉的秋天味。院子里已经有不少落叶了,可是树上的叶子依然那么

多。习惯性地看看大门口的信箱,邮递员还没来,却看见了房东贴在大门上的纸条:"请房客们进出时把大门关好,因为小狗埃克托很喜欢逃跑,可是它没有钥匙。"很温暖的细节吧?

....

爸爸、妈妈:你们好吗?我很好。今天收到你们的信了。还是老样子——妈妈依然那么语无伦次。(笑)菜谱真好,做是没多大指望了,看看也是好的,小时候的故事是怎么说来着:"从前呀,有个叫马良的小孩很会画画,他画什么,什么就变成真的了……"

....

她就这样安慰着我们,安慰着我,她深知我是一个资深的"小资",我会在心中诗化她的生活:还有什么能比法兰西更适合诗化、罗曼蒂克化的吗?但是,2003年那个夏天,读完《姐姐的丛林》,我和她的爸爸极其震动,我们俩用眼睛相互询问,是什么,是怎样严峻的、严酷的东西,让我们的女儿,一下子就长大了?

是的,她长大了,她的文字长大了,脱胎换骨长成了一个让我陌生和新鲜的生命。她用这种有生命的语言,开始讲述她的故事,她在一个最浪漫的国都,开始讲述她和这个世界毫不诗意的关系,讲述滚滚红尘中那些悲凉和卑微的生命,讲述大地的肮脏和万物的葱茏,讲述华美的死亡与青春的残酷……一个一个和毁灭有关的故事，接踵而至，于是，我知道了，我的女儿，她从来就不仅仅是一个樱桃小丸子，她还是一个与生俱来的悲观主义者，可能正是这样两种极端的品质在她身上共生共存，所以，她才能毫无障碍和果敢地穿过别人认为是终点的地方，或者，俗世常识的藩篱，到达一个新鲜的、凛冽的、又美又绝望的对岸。那是一种天赋，我没有。

想想，她所热爱的作家们，其实都具有矛盾的本质，比如三岛由纪夫，比如陀思妥耶夫斯基，比如曹雪芹。她喜欢丰富的、繁茂的、难以尽述和诠释的文本：又天真又苍老，又单纯又犀利，又温暖又黑暗，又柔软又冷酷，集万丈红尘与白茫茫大地为一体，就像大地本身。所以，她像热爱恋人一样热爱着《丰饶之海》，像敬畏高山一样敬畏着《卡拉马佐夫兄弟》，而《红楼梦》，我想，那应该是她的理想了——在这一点上，笛安是一个有情怀的浪漫主义者。

就这样，不管我愿不愿意，女儿作为一个写作者，已经走过了近十年的路程。不管别人给她贴上什么样的标签，不知为何，在我眼里，她都更像是一个独行的游吟者。这样的想象总是让我心疼和心酸。我想这大概也是她很不愿意被人称为"文二代"和父母扯在一起的原因。这篇小文章，是我得知她要出一本十年小说集后，情不自禁写下来的：十年，这个数字让我悚然心惊。我不想说女儿这十年有多么不容易，因为，在这个世界上，形容一个真正严肃的、有追求的作家和写作者，只有一个词——呕心沥血。我想起了女儿高二的时候，她曾经送给我一个笔记本，封面是那种深海般的、有重量的、端庄的蓝，我一直舍不得用它，只是当时在雪白的扉页上，写下了这样一段话：

2000年5月14日，泡泡送我这个笔记本作为母亲节的礼物，她在"迪迪"挑选了很久，选中了这本没有修饰的白色内页的本子，告诉我，"给你就要用，别又收藏起来。"

我们聊天，说起三岛由纪夫的《金阁寺》，她非常感慨，说："真奇异呀，美，最初诱惑人，征服人，最后又奴役人，摧毁人，就像爱情。"

或者，孩子，也可以说，就像写作。

那年，她十七岁。

2012年11月8日于母亲病中

青梅

20 世纪七八十年代，在北方黄土高原上这座古城，卖一种露酒——青梅酒。粗陋的玻璃瓶，潦草的商标，里面的液体却是碧绿的，很清澈和清浅的那种绿，有淡淡的果香。

记忆中，绿色的酒，在早年间，我只见过两种，一种青梅酒，还有一种就是竹叶青。而薄荷酒之类的洋酒，则是很晚以后才遇到的。

竹叶青，在我尚还年幼和年轻的时候，可谓大名鼎鼎。它产自著名的杏花村，在 20 世纪初叶，曾荣获巴拿马万国博览会金奖。我和它相识时，它也是玻璃瓶包装，貌不惊人，可它的绿，令人惊艳。它绿得既纯粹又微妙，就像它醇厚绵长的味道，有秋水的壮阔和凄清，也有秋阳的温暖和仁厚。所以，它有时似乎又呈现出明亮的金黄的色泽。那时，我其实并不识酒，关于它的滋味，是在后来的岁月中慢慢品出来的。那时，爱它的，是我的母亲，竹叶青是我母亲最爱喝的一种酒。而她之所以爱它,用今天时尚的话讲,是因为,我姥姥就是竹叶青的骨灰级粉丝,我姥姥爱竹叶青,爱了一辈子。这爱,影响了我妈。

一　晚来天欲雪

姥姥比姥爷要大几岁。

几岁?

不知道。以前想不起来问。而现在,想问,却不知道该去问谁了。

姥姥嫁给姥爷时,有二十好几了。在他们那个时代,这绝对算是晚婚、剩女。所以,姥姥所嫁的男人,不是初婚,是续弦,在从前叫作填房。姥爷曾经有过一个发妻,这发妻没给他留下一男半女,而且,关于她的死,有很多的传闻。最戏剧性也是最接近传说性质的,是说她是让她男人,也就是我姥爷一枪打死的。当然,那是另一个故事了,此处不表。

姥姥却是很能生养,她大产小产,共诞育过十个孩子,我最小的、从未谋面的小姨,小名叫"双五",即是证明。但十个孩子,活下来的只有四个,且都是女孩,所谓"不孝有三,无后为大",于是,顺理成章,我姥爷后来又讨了姨太太。

姥姥识文断字,知书达理,上过"女子简师",就是简易师范的意思。这在辛亥之后的民国初年,算是女子中的"精英"了。姥姥的父亲,是个开明乡绅,他读孔孟,通岐黄,却把自己的儿子们,都送进了新式学堂。不仅如此,他还反对女子缠足,我姥姥的脚,就是明证。姥姥的娘,别的事上,儿子们的事上,她都听丈夫的,唯独这缠脚,她不依男人。她对我姥姥说:"妮儿啊,你没听人家怎么笑话尺板脚吗?'三寸金莲横里算,脚长一尺多难看。莫说公子相不中,牛郎见了回头转。'不缠脚,你日后可怎么嫁人?"于是,不由分说,就把五六岁的我姥姥一双花蕾般的小脚,活活地裹成了肉粽。我姥姥就爬,三进深的宅院,从后院,一直爬,爬到头进院里,爬到她父亲窗下,手掌、膝盖,还有胳膊肘,全磨破了,她仰起脸哭喊着叫爹爹。她爹闻声出来,抱起她,把她抱回后院,当着她娘的面,抄起剪子,把裹脚条上密实的针线挑开,一口气抖散了,扔到她娘面前,说道:"世道变了呀!你让莲一双小脚,将来怎么活人? 你这是害小妮儿啊——!"

她娘气得发抖,说:"你才是害小妮儿! 小妮儿不比她哥哥们,上新学堂,远走高飞,小妮儿是要在这本乡本土活人的,小妮儿有小妮儿的命,她争不过命去!"

这一场仗,两人各不相让,一个千方百计裹,一个坚忍不拔地放。几年下来,其结果就是,我姥姥的脚,既没有如她娘所愿,成为三寸金莲,却也终究失去了天足的模样。我姥姥就是迈着这样一双畸形的解放脚,走进了城中的"简易女师",走进了更远的天津城,走进了她的婚姻和人生。

　　这简易女师,地处何处,是黄河边上的孟津城,还是更远的古都洛阳？我至今不知道,只知道,辛亥前后,中原河南各地出现了不少的女子学堂,有官立的,比如官立女子小学堂、官立女子简易师范等等,也有私立的,比如淑善女子学堂之类。但不管是官立私立,这些学堂,都在城中,也就是说,姥姥在十三四岁,在豆蔻年华,也许更小,就离开了她幽深的乡村闺阁,离开了她熟稔的"本乡本土"。做这样的决定,对于她的父亲,一个古老中国的乡绅而言,一定是困难的,甚至,是撕裂的疼痛。这不仅仅是我的猜测,记得我妈对我说过,当年,她姥爷把她娘叫到身边,问她愿意不愿意去学校念书,我姥姥自然说愿意,她父亲语重心长地说了一番话:"妮儿,你兴许还不知道,念书识字,是这世上最好的事情,也是一件最坏的事情。你要想好,你真敢去学堂念书？"

　　莲,也就是我姥姥,眼都不眨一下地回答说:"敢。爹,我敢。"

　　"你听明白爹的话了？"

　　"听明白了。"

　　她爹,我的太姥爷,望着他无畏的女儿,久久无语。他知道她不会明白他说的是什么,尽管她冰雪聪明。其实,这个旧时代的老人,他自己也不能确定这决定究竟是一件好事还是坏事。人生忧患识字始:那是一条不归路,那路,通向万古的忧伤。促使他做这决定的,是他妻子的那句话:"小妮儿是要在这本乡本土活人的,她争不过命去!"是,一辈子,做个混沌而快活的人,那不是莲的宿命和人生。

　　但我姥姥并没有在学堂念到毕业。她病了。

　　她患上了头痛症,很严重。不能看书、写字,看书久了,不光头痛欲裂,还恶心、呕吐,天旋地转。

　　姥姥生来瘦弱,皮肤苍白得几近透明,这一病,更是瘦成了一个纸人儿。她咬牙忍着,撑着,坚持着,终有一天,撑不住了,她因为怕在课堂上恶心呕吐,不敢吃饭,结果虚脱了,晕倒在了地上。

　　学校让家人把她接回到了乡下,她父亲给她用药百般调养,但,终不见起色。这病很怪,平时还好,就是不能看书,不能写字。可一个学生怎么能不看书写字啊? 于是,姥姥只好休学了。

　　很多年后,她的女儿,我母亲,一个眼科医生,对我说,其实,姥姥的头痛,很简单,是因为,我姥姥是先天的远视眼,且有严重的散光。"那时候,只需要一副眼镜,你姥姥,这辈子,可能就完全是另外一种人生。"我妈不止一次地、惋惜地这么对我说。后来,在天津,姥姥才三十大几就去配了老花镜,果然,老花镜一戴,头不痛了,天不旋了,也不恶心了,能看书也能写字了,可是,一切也都晚了。

　　我丈夫从小眼睛很好,自诩是 2.0 的视力,曾经被推荐参加过飞行员体检。他是在三十多岁的时候患上头痛症的,有一个时期,天天头痛难抑。幸运的是,他有个身为眼科主任医师的岳母大人,第一时间,我妈就判断出他的头痛是因为眼睛所致,一查,果然,他也是先天性远视散光,和我姥姥一样。至于为什么他到三十大几症状才显现,我妈用医学术语解释了一番,我没记住那原因。我记住的是,朋友们的惊诧,"哎呀!李锐你才多大就戴老花镜了?"(虽然,远视眼和老花眼完全不同,但需要佩戴的眼镜则都是相同的凸透镜)还有就是,我母亲触景生情地感慨:"唉,你姥姥啊,一副眼镜,就改变了一个人的命运啊!"

不难看出,我妈,是一个科学技术至上主义者。

尽管,我姥姥没有那一纸毕业证书,但,毋庸置疑,"简师"的经历,新学堂的经历,如同春雨一般,润物无声地,渗入了她的生命和血液中,使一些新鲜的种子,在她拥有一双畸形双足的身体里,破土而出,发芽、抽条、长叶,却永没有开花结果。

一直不知道,为什么,姥姥要到那么晚才出嫁。

也不记得问过母亲没有。

隐隐约约似乎听说过,是因为体弱的缘故。也或许就是这根深蒂固的头痛,导致姥姥的父亲怜惜小女儿,怕她这多病的身子嫁出去吃苦受罪?但,也或许是,来提亲的人家,是姥姥所不中意的,也是她父亲不中意的。我心里,更认同的,其实是这一条,这,就是"简师"对一个青春少女的启蒙和催生——它催生了一个少

252

女的不甘心和对未来的一点憧憬。

于是,就蹉跎了下去,耽搁了。

我姥爷家来提亲的时候,我姥姥的父亲已是久病缠身,他唯一的牵挂,唯一的不放心,唯一的不甘和不舍,就是这没有出阁的女儿,他的妮儿。那时,我未来的姥爷已经在北京读完了大学,那大学的名字叫"中国大学",此时,据说正在黄侃先生的门下研读音韵学。而我姥姥未来的婆家,也不在中原,是在渤海之滨的天津城。虽说,不是做原配是续弦,虽说,从此山高水远再不得相见,我姥姥的父亲,却还是认了这门亲事。出阁前夜,他在病榻上握着女儿的手,依依不舍,老泪纵横地说道:"莲,去吧,谁说妮儿就不能离开咱这本乡本土活人?爹知道你的心高、心大,去吧,好好活……"他嘴里说着"去吧",可他的手,却死死攥着女儿的手,不忍放开。他知道,这一放,就是永诀。

果然。

等我姥姥再回家乡再回娘家的时候,她父亲的坟上,早已是野草萋萋……

至于姥姥,最初对这门亲事,我想,应该还是满意的。姥姥在离开家乡离开父亲的时候,一定,对她以身相许的未来,对她以身相许的夫君,有一些温存和天真的想象,所以,她才有勇气,只身一人,去闯荡一个大世界。她心大。

在我写这篇东西之前,我一直不知道,"中国大学"是个什么大学。很多年前,我问我妈,姥爷当年在北京,念的是什么学校?记得我妈说出"中国大学"这几个字的时候,她脸上的表情,也是茫然的。记忆中,更早更早以前,小时候,读红色小说《青春之歌》,在某一个章节,写北京学生"一二·九"大游行的队伍中,爱国学生们打出的队标里,有"朝阳大学"和"中国大学"的旗帜。之所以记住了它们,是因为,它们很陌生,此前,几乎从没有听说过它们。后来,我认识了一个朋友,偶然聊天,她说她父亲毕业于北京的"朝阳大学"。记得当时,我竟很有些兴奋,好像一个虚幻的东西突然变成了一个真实的事物,像一个奇遇。而"中国大学",至今,我认识的人中,好像还没有谁,和它有过任何的交集。

于是,打开了百度,一查,吓一跳,被自己的孤陋寡闻,也被自己所接受的历史教育的狭窄。

原来,这"中国大学",是孙中山先生仿照日本早稻田大学,于1912年在北京创办。它正式开学的日子,是1913年4月13日。它的第一任校长,是宋教仁。只是,宋教仁还没等到学校正式开学,就于同年3月在上海遇刺,于是,第二任校长黄兴走马接任。它于1949年停办,历时三十六年。三十六年间,在此任教的学者、教授,可谓人才济济。先有李大钊、李达、曹靖华等,后来,陆陆续续,计有:燕京大学的张东荪、齐思和、严孟群、胡鲁声,协和医学院的裴文中、冯兰州、谢少文,北大的俞平伯、蔡镏生,北师大的陆宗达,南开的温公颐、翁独健,等等。而从中国大学毕业的学生,也不容小觑啊,像张友渔、任仲夷、齐燕铭、浦洁修……原来,他们都是我姥爷的校友。

而姥爷,我几乎是陌生的。

这一生,我和姥爷见面的次数,超不过三四次。

还是读小学的时候,有一天,傍晚时分,家里来人了。那时的姥爷,应该还在生命的壮年,不到六十岁,正随着某个勘探队,在北中国在黄河流域一带野外作业。是什么性质的勘探队呢,至今,我也没弄明白。可能是工作结束后,他请假来省城探望我们的吧? 记得那晚的餐桌,我奶奶手忙脚乱地临时添了两个菜,不记得是否有酒。平日里,晚餐时间,是家里最热闹的时间,可那晚的餐桌,有些拘谨和沉默。常年野外生存和劳作,姥爷看上去很壮实,一张黑红的脸膛,挂着谦和的笑容,人却沉默寡言。这,几乎就是我对我姥爷的全部记忆。我甚至回忆不起来他说过的任何一句话,他当然是说过话的,可我竟然回忆不起他的声音。一个没有声音的亲人。第二天一早,他就背着行囊走了。那行囊里,有一个标志性的东西,是我长大后才知道的,那东西的名字叫"洛阳铲",是考古勘探,也是世世代代盗墓者手里必不可少的工具。这鼎鼎大名的物件,在他后半生的时光里,几乎和他须臾不离。也由此,可推断一下,他从事的工作似乎和考古有关。

我妈给我讲过一件事,她说,当她得知父亲要给她们娶"庶母"的时候，曾对她父亲哭诉。那年她十三四岁，读中学，接受的自然是五四以来反封建的教育。她说她这个女儿，长女，一定不会比任何一个儿子差，她会承担起一个儿子应该为家庭承担的一切，她会努力、上进、有所作为、光耀门楣。她还说父亲这样做对她母亲是残忍的。但，她赤诚的剖白，毫无意义。她那颗鲜嫩、热切、天真的心，被她父亲，狠狠地踩踏了。于是，她和她的妹妹们，有了一个"庶母"，这位庶母，年轻，漂亮，健康，拥有一双美好的天足。这一切，都是她母亲——我姥姥——所从来没有过的。

所以，我后来想，儿子，也许仅仅只是一个最冠冕堂皇的借口。

记忆中的姥姥，很瘦，很高，两只畸形的脚撑着一个高而细的身子，走起路来飘飘摇摇。她皮肤苍白，几近透明，大眼睛，高颧骨，两颊深深陷落，鼻子有些露仓，而牙齿，则有些前凸。

一个孩子，从不会去追究祖母辈的老人年轻时的模样，甚至会想不起来这些老人曾经年轻过。我也一样，我是在长大成人并且以写作为职业后，才想起来去寻找姥姥的旧照片。经过多年动荡，经过"破四旧"，家里的旧相片劫后余生所剩无几，好不容易找到一张，又小又破，照片上的姥姥，戴着眼镜，穿深色的衣服，清瘦，端庄，文雅，但，绝对不漂亮。

而姥爷，年轻时，据说是很英俊潇洒的。

这个比他大几岁的妻子，让他心生敬重。一生，他都尊敬这个妻子，这个姐姐。有时，他甚至把她看作母亲。一生，他们之间的感情，不可谓不深，但，他从没有像爱一个爱人似的，爱过这个知书达理、冰雪聪明、大家闺秀的妻子。他琢磨不透她。有时，他觉得她就是一个忍辱负重、藏愚守拙的旧式女人，可有时，他又觉得她像一个新女性一样，独立而自尊，甚至凌厉强悍。他不知道她什么时候是新的，什么时候是旧的，他困惑。他觉得她就像她的名字——莲，可远观而不可亵玩。

我已经说过，我姥姥生来瘦弱多病。婚后，大产小产，使她的身体更加的不支。我母亲五六岁的时候，家里来了一个远亲，来天津上学，就借住在姥姥家里。这个远亲，是个年轻女性，美丽、多情。一个美丽多情的年轻女性，在一个暗沉沉缺少色彩的家里，简直就是阳光和空气般的存在。太阳底下无新事。毫无悬念地，我尚还年轻的姥爷，英俊而风流倜傥的姥爷，被这美丽和鲜花般的生命热情所深深吸引，于是，他们相爱了。

似乎，那是一场轰轰烈烈的恋爱。

其时，姥爷的父亲，早已去世了，继母尚在（据说，那女孩正是继母家的亲戚）。于是，继母和我姥姥，婆媳两人联手阻挠着他们的爱情。祸水自然不能再留在家中，女孩被遣走，但后来发现，这是一个更大的错误，我姥爷毫不犹豫地，为女孩在城中赁了房子，这一下，名副其实地金屋藏娇了。继母不许我姥爷晚上出门，她让我妈支一张小床,睡在我姥爷的书房中(因为那时姥爷已经和我姥姥分房而眠,独自睡在书房里),然后,再把书房的门反锁起来。我妈的奶奶可能这样想,女儿守在身边,做爹的总不好意思干太出格的事吧?我少不更事的母亲,糊里糊涂地,不知道自己身担着什么重任,一觉到天亮,睁开眼,父亲不见了。原来,他早已跳窗而逃,去赴他的约会。

姥爷的书房,在二楼。从二楼跳下,虽不算惊天动地,也可谓有些英雄气了。为此,他受伤,扭了脚。

他索性不回家。

从夏到秋,从秋到冬,总有关于这一对恋人的消息传来。他们出入各种场所,听戏,看电影,在起士林吃大餐,等等。冬天,公园里的湖面结了冰,开辟出冰场,他们就天天去滑冰。我姥爷热爱运动,尤其钟爱滑冰。他教会了他的恋人这门冰上的技艺。他们一人一双花样冰刀,在冰面上,这么滑、那么滑,这么转、那么转,心心相印,滑出许多简单却醒目的花样。

我姥姥就是在那段时间喜欢上了竹叶青。

姥姥的公爹,也就是我妈的爷爷,我也应该叫太姥爷的,是个下野的、很小的小军阀,土匪出身,做过刀客,参加过辛亥革命,后来却投了北洋一系。曾经有一度,他兵败之后想投阎锡山,阎也想纳他于麾下,所以,有过一段在山西生活的日子。他年轻的妻子,我姥爷的继母,就是在那段日子里,与竹叶青相识,一见钟情,并把这爱好，一直带到了天津卫。我太姥爷下野后做寓公没几年就去世了，留下年轻貌美的未亡人，何以解忧？也就是孤灯下的一杯美酒。此时，她邀请并不比她年轻多少的儿媳与她共饮，说："一醉解千愁。这世上，没啥值得人愁的事！"

一杯碧绿的、浓烈而清香的竹叶青入口，我姥姥泪盈于睫，说："好酒！"

真是好酒。给人生活的勇气。她就这样爱上了它。

于是，许多个傍晚，她置酒邀饮，她对她的婆婆也是此刻的"闺密"说："晚来天欲雪，能饮一杯无？"

许是借了竹叶青的力量，我姥姥，叫人把三楼的一个大露台堵了下水，然后，一桶一桶地泼水，把露台泼成了光滑如镜的一个冰面。她借来了我妈的冰鞋，那是一双羊皮的、红色的鞋子，很漂亮，把她那双受尽凌辱和摧残的、畸形的、不甘心的脚，费尽气力，塞进女儿的冰鞋里。她请女儿做老师，教她滑冰。她可真请了一个好老师！这老师起初很是新鲜，可新鲜劲一过，哪里还有耐心？横挑鼻子竖挑眼，最后干脆说："哎呀，娘，你这小脚要是能学会滑冰，太阳就从西边出来了！"

太阳当然不会从西边出来，所以，我姥姥，也最终没有学会自由地、潇洒地驾驭一双冰鞋，她永没有可能在北方凛冽寒冷的冰场上，像鸟一样飞翔。她的心想飞，可是，她的身体不允许。她的生活、她的命运不允许。

2016 年，夏天，我和女儿去天津大剧院看话剧，下榻在庆王府改建的一座酒店里。那是我在网上特意预订的。以前，听我妈说起过，她们在天津的家，离庆王府很近。站在她家楼上，有时可以看见庆王府花园里唱戏的堂会。庆王府，就是我辨识我母亲旧居的唯一一个地标。还有，就是似乎记得，我妈说起过，她家那条胡同，好像叫永和里。有一年，我和丈夫去天津，我俩查遍天津市地图，也没有找到"永和里"这个地名。后来知道，永和里早已改了名字，叫民园东里。

民园东里位于天津著名的五大道之一的大理道上，从前属英租界。还有一个民园西里，在常德道上。东里和西里，一字之差，命运却截然不同。民园西里如今整修一新，到处是美丽别致的各种小店，类似北京的南锣鼓巷、烟袋斜街；而东里，则是一片破败。隐约记得我妈说过，当年胡同里的小孩子，编过歌谣，顺口溜，历数胡同里人家的特征，一号怎样怎样，二号怎样怎样，一直数到九号，九号怎样呢？——九号吃药！说的就是我体弱多病的姥姥了。

就是这不确切、不靠谱、疑窦丛生的零星记忆，在那个酷热的夏天，把我和女儿，带到了那个破败的胡同，那座破败的建筑前。原来，我妈从前常挂在嘴边的那座"三层楼房"，不过是一个连排别墅俗称"TOWNHOUSE"的建筑，几乎没有院子，一进院门，两三步，就是高高的台阶：通往房间，也通往地下室。写着"九号"字样的大门旁，挂着"历史民居"的牌子，受着天津市政府的保护。也就是说，你没有权利去改变它。而且，尽管破败，尽管一身的潦倒落寞，可那红砖加水泥的楼房，看上去却还很坚固。它确切的年纪，我无从得知，但至少，在我母亲出生的 1930 年，它就已经存在了。那是我母亲出生的老屋子。历经了将近九十年的风雨，仍旧坚挺在那里，活在那里。无数的故事，无数的秘密，无数的欢乐与歌哭，无数的生离与死别，都在。只是，它不说。

里面还住着人，却不见人影。

征询了邻人的同意，我和女儿探险一般，走进了它幽深的腹地。尽管外面，阳光强烈到晃眼，可这进门的走廊，却连一线光明都透不进来，黑得如同洞穴。摸黑上楼，再上楼，有了阳光，却觉得，阳光也是陈年的阳光，强化着那荒凉和荒芜。并不是说，那里面有着怎样空旷的空间，相反，里面的格局狭窄、局促、芜杂不堪，像个小杂院，每一层，都住着不止一户人家吧？我茫然。事后回忆，几乎记不起来自己看到了什么。或许，我什么都没有看到。我错过了看到它们的时间。只是在某一瞥中，扫到了一扇半掩的房门，像是个卫生间，一小块极其鲜艳的花地砖，扎了一下我的眼睛——它靓丽得就像有毒的热带花朵。然后，猛一扭头，看到了一个半圆形的露台，并不大，甚至是小得可怜，但，我的眼泪，一下子奔涌而出。

那是我姥姥曾经的冰场。

岁月的长风，扑面而来，吹得我打晃。

我三十几岁的姥姥，一双畸形的解放脚，塞在一双鲜红欲滴的儿童冰鞋里，笨拙地，在如此局促的一块小小冰面上，试图与强大的命运抗争。那是多么无奈的努力，那是多么绝望的勇敢！我从没有像那一刻那样，心疼过我的姥姥，心疼过一个渴望挣脱禁锢的女性的灵魂。冰刀锐利地划着冰面，就像压抑的悲痛和不屈的嘶叫。

走出曾经的"永和里"九号，阳光辛辣，我泪流不止。耳边，响起女儿小时候喜欢的一首诗，她曾经许多次，对我念诵。那是叶赛宁的诗：

> 我辞别了我出生的老屋子，
>
> 离开了天蓝色的俄罗斯……

反反复复。犹如咏叹。

20世纪70年代中期，不记得因为什么原因，母亲带我和弟弟一起，回过一次她的老家洛阳。

她真正的老家，是洛阳地区的栾川县，那里是豫西山区，也就是伏牛山深处，穷，古来就是出土匪刀客的地方。我的太姥爷，就是在那里，占山为王。但景色真美。满山遍野的栎树、枫杨树、桦树、榆树以及柿子树，满山遍野的白鹃梅、野珠兰、绣线梅、太白杜鹃以及满山红。春天，春花烂漫；秋天，层林尽染。最美的是伊河水，清澈而凛冽，纤尘不染，一路流来，流到洛阳，汇合洛水，最终，流入苍茫黄河。当年，日本人占领了天津英租界后，我母亲一家，历经艰辛，逃难来到此地一个叫"潭头"的小镇，在这天高地远的荒僻乡村，在这风景如画的地方，我姥姥经历了她一生中两件大事：她最小的女儿双五的去世和我姥爷的纳妾。

双五，是我姥爷最终回归了家庭的见证，我这样想，这样猜测。也因此，被我姥姥格外珍惜，尽管这个女孩的出生让所有人倍觉失望。据说，他们逃难，在夜间穿过封锁线时，像许多电影中的情节一样，本来在我姥姥怀中熟睡的她，突然大哭起来。同行的不止姥姥一家，事关着许多人的生死。于是，姥姥断然捂住了她的口鼻，死死地捂住。姥姥感觉得到那小小的、柔软的身体在她怀中奋力地挣扎、抽搐，最后，几乎没了声息。那一刻，姥姥心痛欲裂，以为她亲手杀死了至爱的骨肉。一到安全地带，我姥姥疯了一样，趴在她瘫软的小身子上，按压她的心脏，口对口呼吸，不停口地吐气、吐气、吐气，她是要把自己的精魂吐出来给她，她是要把自己的气血、自己的命吐出来给她……还好，双五命大，竟真的缓了过来。我姥姥得救了，她泪流满面，跪下来，口念"阿弥陀佛——"但从此，姥姥一直觉得对这孩子歉疚。她心疼这女儿，胜过世上的一切。但一场感冒引起的肺炎，在缺医少药的荒僻乡村，在兵荒马乱的乱世，轻易地就从我姥姥手里，夺走了她的珍宝。那是一个初秋的下午,八仙桌上的自鸣钟,当当当当响了四下。从此,我姥姥听不得钟敲四下的声音。很长的一段日子里,每每快到四点的时候,姥姥就一个人出门,茫然地来到伊河边,坐在石头上,望着凄清的河水,望着河对岸仙境般的山林,看它们渐渐褪去绿色,被霜染成金黄、赤红,看它们落叶,看它们变成枯枝,看白雪怎样将它们冰冷地覆盖……时间,就这样流逝,这家里,没有一个人,和这个母亲一起悲伤。她害怕在钟敲四下的那个时刻,听到家人、见到亲人们毫无挂碍毫无心肝的欢笑,她觉得,那是对双五以及她自己最残忍的事情。

记得我妈说过,在他们一家回到栾川老家不久,他们位于党村的大宅院,我太姥爷发迹后建成的大好基业,被日本人的炮弹炸毁了。据说那是座三进的宅邸,雕梁画栋,有回廊,有偏厦,有花厅。花厅据说全是楠木所造,每个窗棂上都有精美的木雕。面对毁于一旦的废墟,所有人都心痛不已,我姥爷失声号啕。而我姥姥,则连一滴眼泪也没掉。她安慰我伤心的姥爷说:"不就是一堆砖头、木头、石头?没就没了。咱人都还在呀!人在,一个都不少,怕个啥?"可现在,家不全了,少了一个人,从此,我姥姥的心里就永远地、永远地缺了一块。

纳妾的事,是在双五死后,被正式提出的。

自从回到故里,这件事就如同空气一般,包围了我姥爷,三代单传的人家,家大业大,怎么能没有儿子没有后? 族中的老人,不断地上门来,游说我姥爷,或者说,逼迫他。眼看这事已成定局,我姥爷跟我姥姥商量,说:"姐,你看这事,咋办?"

我姥姥异常平静地回答:"娶吧。"

"对不住你了,姐。"我姥爷这么说。

姥姥笑笑。

她放弃了抵抗。在她最孤独伤心的时刻。

20世纪70年代中叶,我第一次,见到了婆。那也是我第一次去洛阳,第一次去姥姥还有姥爷和婆的家。20世纪50年代,新中国婚姻法颁布后,姥爷面临着一个抉择:他必须在我姥姥和他儿子的母亲之间,选择一方。结论其实是清晰的、显而易见的,但,我姥爷迟迟说不出那个决定,他是不忍心吧。毕竟,就算曾经同床异梦,可终究是二十几年的夫妻啊,二十几年大江大河的岁月,不思量,也难忘……是姥姥最终帮他把那句重如千钧的话,说出来的。

姥姥对他说:"你哪天有空儿?咱去把手续办了吧。"

姥姥又说:"孩儿还小啊,得顾他。"

孩儿,是指姥爷的儿子,他的头生子,我的舅舅。那年,舅舅才是个三四岁的幼童。

据说,姥姥和姥爷,在办了手续回家的路上,两个人下了馆子。他们对酌,喝的是姥姥的挚爱——竹叶青。那碧绿的、清洌的液体斟在杯中,香气跳脱如同活物,如同一缕幽魂。姥爷举起了酒杯,对我姥姥说:"姐呀,对不住你了……"说完,红了眼圈。

许久,我姥姥回答说:"说些啥话? 咱们都得跟上新社会不是?"又说:"有日子没喝竹叶青了,怪想的。"

是啊,还能说什么呢? 一切,都在酒里了。千言万语,都在这一杯酒里了。

姥姥的家,在洛阳的老城。姥爷和婆的家,也在老城,相距并不远。姥姥的家,小而破,那破,是破败的破,小小的两间屋,破败的气息,藏在墙缝里、头顶仰层的窟窿里、被褥里、枕边摊开的书页里,又破败又孤寂。多年后,我想到了一个词——"遗民",尽管,我们活在一个曾经以荡涤一切旧事物为使命的大时代,尽管,姥姥也曾经想努力地跟上这个时代,她曾经走出家庭,自力更生,做过废品收购站的会计,做过街道居委会的干事,她的二女儿——我的二姨,十五岁那年,就瞒着家里偷偷参加了解放军,成为一名部队的文工团员,在舞台上演绎着"旧社会把人变成鬼,新社会把鬼变成人"的白毛女的故事。所以,姥姥家的门楣上,也曾经悬挂过"光荣军属"的牌子。但,在精神上,我姥姥,仍然,至死,都属于上个时代的"遗民"。

而姥爷,在和姥姥离婚后,因为"历史问题",坐了牢。至今,我一直没有弄清楚,姥爷一介书生,民国时做过几天中学教员,其实是靠父亲的荫蔽活了前半生的公子哥,究竟有什么"历史问

266

题"。曾经,在我小时候,在那样一种酷烈的红色氛围中,这个问题讳莫如深,家里的大人,没有谁会去和一个孩子讲明白这种事情的来龙去脉。后来,当我想知道一些事情时,问我母亲,才发现,原来,她竟然也和我一样,懵懵懂懂,一知半解。也难怪,我母亲十八岁离家远行,和一群青年学生,穿过封锁线,投奔解放区,念了解放区的学校,也算是参加了革命。那时,是 1948 年,离我姥爷出事,还有几年的时间。无疑,当年的我妈,是一个左倾的进步青年,当她意气风发全身心去追逐一个新时代去践行理想的时候,姥爷的出事,就像一个晴天霹雳。那种悲痛,那种深刻的羞耻心,使她不能去触碰、去深究这耻辱本身。那感觉,我懂。

似乎是,我姥爷在回到家乡潭头的那几年,在他家房子被日本人的炮弹炸成一片瓦砾以后,他解囊出钱,资助了一支地方武装,初衷是抗日保境,可这支武装大概一直存在到临解放,问题想来就出在这里。我妈说得含含糊糊,我听得糊里糊涂。也曾想过,以后再慢慢去了解清楚。可惜,原来,没有"以后"了。

姥爷出事时,舅舅还小,只有三四岁,还有一个更小的小姨,嗷嗷待哺。他们的妈,一人拉扯两个孩子,还要出去工作,挣钱养家。这时,姥姥来了,姥姥拉着舅舅的小手,默默地,把他领回自己家里。那些年,在婆最需要帮助的时候,姥姥的家,就是舅舅最温暖的去处。渴了,这里有水喝;饿了,这里有饭吃。无数个夜晚,姥姥把这儿子——姥爷的儿子,前夫的头生子,温存地,搂在怀里,哄他睡觉,教他念唐诗,给他讲故事,讲"大闹天宫"的孙悟空,讲打虎英雄武松,讲拳打镇关西的鲁智深,讲"桃园三结义"的刘关张……舅舅的小脑袋,一拱一拱,拱在姥姥的胸口,暖烘烘,像头腥气的小兽,让我的姥姥,无限心疼。姥姥心想,"作孽啊……"

一直到我姥姥去世,舅舅和姥姥,始终情同母子。

四十多年前那次返乡,我也去了姥爷的家。见到了婆、舅舅还有小姨。那时,姥爷已不再从事野外勘探工作,而是被借调到了洛阳市的博物馆或者文物局之类的地方,做某种古籍的整理和鉴别。姥爷的家,并不大,也是大杂院中老式的房屋,却要比姥姥的家,整洁、舒适许多,处处看得出,一个勤俭持家心灵手巧的主妇的用心。那天,我们是在餐馆吃饭,饭后,小姨邀我去她的房间里小坐。小姨在这座大杂院中,另有一间自己的房屋,小小的,却收拾得更是窗明几净。那一年,我应该是刚满二十岁,小姨比我略大几岁,还没有成家。我们闲聊。婆给我们端来茶壶,还有一碟南瓜子。婆郑重地招待着我这个晚辈,这让我有些手足无措。半导体收音机开着,里面放着歌曲。一个高亢的女声在激昂地唱着:

> 千年的铁树开了花,开了花,
>
> 万年的枯藤发了芽,发了芽,
>
> 如今咱们聋哑人说呀说了话,

啊啊啊啊啊啊——

感谢毛主席恩情大,恩情大。

…………

唱到那一长串"啊啊啊啊"的时候,小姨对我说:"小舌颤音。"

哦!

我记住了这个——小舌颤音。

小姨是漂亮的,唇红齿白。舅舅是英俊的,浓眉大眼。据说,舅舅很像当年的姥爷。婆则是清爽利落,眉目如画——年轻时,她该有多好看啊!我想……这是温馨的一家人,尽管寒素,尽管经历过很多很多的伤害与磨难。我从心里感知到了一点:有这样一个家,姥爷的晚年是幸运的。

但我仍旧不记得,姥爷说过什么。姥爷还是那样微笑着,谦谦君子的微笑,却沉默不言。记得离开时,我去了姥爷的房中,和他告别。他案头上,放了一本书,我说:"这本书我能拿去看看吗?"他点点头。他一定和我说了几句什么,但我奇怪地,全无记忆。

那本书我把它带回了山西的家。

我带它回来,是因为意外。我没想到姥爷会看这样的书。

那本书是巴尔扎克的《邦斯舅舅》。

那也是我最后一次见到我的姥爷。

那天,是我们整个洛阳家族的大团聚。姥姥、姥爷、婆、姥姥的孩子们,婆的孩子们,奇怪的是我忘了这次团聚的原因。没忘的是,为了这次团聚,我妈特地从山西,带来了竹叶青。那天,我们餐桌上,喝的就是姥姥的挚爱。

姥姥望着碧绿而芬芳的竹叶青说:"好酒啊。"

二　好酒当歌

我妈爱喝竹叶青,这,我从小就知道。

只不过,那时一瓶竹叶青不便宜,要两块多钱一瓶,以我家的经济实力,不可能经常喝。何况,我的父母都不是那种嗜酒的人,逢年过节,来了朋友亲戚,不过是以酒助兴而已。所以,只要餐桌上出现了竹叶青,那就必定是一个隆重的日子。

记得母亲喝酒,最爱说的一句话就是,"你姥姥就爱喝竹叶青。你姥姥好酒量,我不行。"

母亲还说,"你姥姥喝了酒,就爱唱京戏,唱须生,《二进宫》。"

《二进宫》是个什么戏,那时候,我一无所知。

我妈也爱京剧。

彩色电影《杨门女将》,是我妈的最爱。那部电影,她看了好几遍,当然也带我去看过,我却远不如看普通故事片那样感兴趣。

忽然有一年,北京京剧四团来我们的城市演出了,演的正是《杨门女将》。妈妈自然要去看,托人买了戏票。这还不算,有一天,她回家来,兴奋不已,原来,那一天,扮穆桂英的杨秋玲不知为什么竟然去了我母亲工作的医院看病,挂的还就是眼科门诊——我妈妈这个粉丝为她的偶像看了病,这让她好高兴,她说:"人真是漂亮啊!"

又说:"要是王晶华能来就更好了!"

王晶华是佘太君的扮演者。我妈更爱一些的,是老旦这行当。

至今,我记得我妈孩子般的快乐。

其实,在很长的一段日子里,漫长的一段日子里,能让我妈快活、高兴的事情和时刻,实在是不多。

奇怪的是,我不记得我妈哼唱过京剧,也许,她唱过,但因为我不喜欢,所以毫无记忆。我记住的是,偶尔,喝了酒,她倒是常常会唱一首奇怪的歌:

> 顿河的哥萨克饮马在河流上,
>
> 有一位少年独立在门旁,
>
> 因为他在想着怎样去杀死他的妻子,
>
> 所以他倚在门边暗自思量……

那是一首悲伤的歌,母亲的嗓音,沙哑,颤抖,听得我非常难过。

> 他的妻投身跪倒在他的脚下，
>
> 对他这样的高声叫嚷，
>
> 孩子们的爸爸我的丈夫啊，
>
> 我知道你有一副慈善的心肠，
>
> 我求你，求你动手要晚一点，
>
> 等到那更深夜静的时候，
>
> 不要把我们的孩子从睡梦中惊醒，
>
> 也免得惊起那左近的街坊……

我泪流满面，每次，都忍不住追问母亲："为什么？为什么他要杀他的妻子呢？"

我妈摇头回答："我也不知道啊。"

我叹气。隐约感知了，生活中，有许多悲伤的、无解的、没有答案的秘密。也隐约感知了，母亲借着酒力，借着这歌声诉说的内心难以言喻的伤痛。

这一切，应该发生在我十二岁之前，因为，十二岁，1966 年之后，很漫长的一段时光里，我几乎没有再听见我母亲唱歌，哪怕是悲伤的歌——人间有些苦痛，是没有声音可以表达的。

有些记忆，我到现在还没有勇气写出来。也许，小说可以，但用散文的方式，我仍然，不能触碰……

让我跳过一些年吧。

20 世纪 80 年代初,不记得是哪一年,偶然地,在电视里,看到了一段戏曲表演,《拾玉镯》。

还是黑白电视时代。屏幕很小。起初,是我妈在看,我不在意,因为没兴趣,不喜欢,出出进进的,偶尔扫一眼。

不知道是哪个瞬间,让我心里一动。我站下了。后来,就坐下了。我坐在我妈旁边,一直把那场折子戏,看到了结尾。我对我妈说:"这么好看啊!"

我妈说:"这个小演员,将来不得了。"

启蒙了我的戏剧爱好的这折戏,是山西的地方戏——蒲剧。那位演孙玉娇的演员,果然如我妈所说,是后来大名鼎鼎的蒲剧大师任跟心。那年,任跟心据说才十六岁,好像那是她参加某个赛事的一段视频。十六岁的孙玉娇,任跟心的孙玉娇,天真烂漫,清新如朝露,芬芳如鲜花。迄今为止,再没有哪个孙玉娇,能和我初次相逢、一见钟情的这个孙玉娇相媲美——那是我心中"孙玉娇"的巅峰。

从那儿以后,我开始留意戏曲。

身边有个现成的导师,就是我妈。

严格说,我妈也只是一个戏曲爱好者,更确切地说,是京剧爱好者。她并没有多么了不起的戏曲知识,多么高端的戏曲理论,或是多么不同凡响的戏曲感悟,但,给我这么一个"戏盲"启蒙,绰绰有余。

有一年，央视播出京剧青年演员大赛，我妈场场不落，我也跟着看了好几场。有一天，是旦角的比赛，一个女演员演《廉锦风》，真把我迷住了。此前，我压根儿没听过这出戏也不知道这出戏讲的是什么故事，可这个女演员，载歌载舞，飘飘若仙，那姿容的美妙，让我不断地联想起曹子建笔下的洛神。我妈更是兴奋不已，说，这出戏，早在1966年之前，已有许多年没在舞台上出现过了。这是梅先生的戏啊！我妈又说："这个梅派青衣，将来不得了。"果然，又让我妈说中了。这个"廉锦风"，不是别人，是当时山西京剧团的年轻女演员，后来名动天下的李胜素。

不知从什么时候，我开始留意到，我妈坐在电视前看戏的时候，会跟着里面的人小声地、情不自禁地哼唱。我惊讶，原来我妈竟会那么多的唱腔。像《野猪林》里林冲的"大雪飘"、《文昭关》里伍子胥的"一轮明月照窗前"，像《钓金龟》里的"叫张义我的儿"、《赤桑镇》吴妙贞的"听包拯一席话"，还有《坐宫》里的夫妻对唱，等等，等等，原来它们在我妈的身子里，埋藏了那么多年，潜伏了那么多年，不见天日地囚禁了那么多年！如今我妈放它们出来，它们试探着，有些迟疑，缩手缩脚，怕冷似的发着抖……我听着母亲像是被风吹动着的颤巍巍的声音，忍不住，涌上来一阵心酸。

我想听我妈大声唱。

我妈家小区对面，隔一条小马路的另一个小区里，有个曾经的"俱乐部"，以前演电影，后来不演电影了，就变成了一个活动中心，里面活跃着各种的团体。有唱晋剧的，也有唱京剧的。每周，他们集中起来活动一两次，清唱，排练，也有扮起来登台彩唱的时候。这种时候，就是我三四岁的小女儿最开心的时刻，她拽着我，在人家化妆的地方，钻来钻去，看着镜子里的人，怎样将一张平庸的面孔，一点一点涂抹、勾画成天仙或是又美又怪的花脸。也喜欢趁人不注意，偷偷摸一下那些无比神奇的行头：凤冠上的珠宝，靠上的彩旗，厚底的皂靴，还有长长的翎毛，哪一样，都让她激动、兴奋——那是她平凡生活中的奇遇。

或许，这是我长大成人的女儿，与她的同龄人相比，更早地喜欢上了中国戏曲，并能心有灵犀地领略一点它的精魂和精妙之处的源头？

我对我妈说，你也去和人家一起唱唱，多好啊。我妈说："我可不去，我这嗓子，不在了。唱不出来了。"

我说："多练练，多吊吊，嗓子就回来了呀。怕什么呀？自娱自乐！"

我还说："妈，我想坐在台下听你唱戏。"

我妈想想，回答说："等我退休了吧。"

1995年，我妈六十五岁，正式地办了离休，每周只需出两次专家门诊，不再为工作忙碌；但，她仍然一次也没去过和我家仅隔一条马路的活动中心,她仍然忙,忙她外孙女,也就是我女儿的日常一切,忙我们这一大家人的日常一切,她没有时间为自己活。

我女儿生下来还没有满月,二十八天头上,我父母就把我们母女俩接回了娘家。这一住,女儿就在姥姥家住了十八年,直到她出国留学。

也因此,我和丈夫,从没有因为孩子的牵绊,而耽搁过我们各自的事情。那些年,说去哪里,可以拔腿就走,是因为,我们身后,有我父母坚如磐石的后援,有一个再放心不过的家。

我父母家,和我自己的家,一个在南城,一个在北城,但,十八年间,只要我们不出差,在我们的城市,每天傍晚,我和丈夫,必定要回我父母家,和女儿,和爸妈,一起吃晚饭。那是雷打不动的事情。春天的沙尘暴,夏天的暴雨,冬天的北风和大雪,一切,都不能成为阻挡我们的理由。我妈的餐桌在等我们。女儿在等我们。父母在等我们。一天中最快乐的时刻在等着我们。当然,那时并不知道,那其实也是一生中最快乐的时刻。

那些年,逢年过节抑或周末的餐桌上,当然是有酒的。父亲喜欢粮食酿造的白酒或是啤酒,我丈夫则喜欢葡萄酒,干红或者干白。而我妈,则会在把最后一道看家菜端上饭桌后,坐下来,给自己斟一杯清香的竹叶青。只有我,在酒的品味上毫无定见,纯粹凑热闹而已。当一家人的酒杯"叮——"地碰在一起时,色彩缤纷,有红有白有绿有黄(黄是女儿的果汁),那时,我以为,这流水的日子,颠扑不破。

我妈离休那年,刚好是女儿小学毕业升入初中的时候,和小学一样,女儿就读的中学,离我妈家同样很近很近。出我妈家小区,左拐一百米,是女儿的小学校;如今,右拐二百米,就是她的中学了。那是我们城市、我们山西,最好的中学之一。而私下里,我和女儿认定,它就是我们城市最好的学校,没有"之一"。因为,那也是我的母校。且说女儿入学不久,就结交了一帮特别要好的"死党",有男有女,四五个人,当然谁家也不像我们家那样离学校这么近。于是某一天,她通告我妈说:"姥姥,明天中午,我们同学要来家里吃饭,你多准备点儿好吃的啊!"

第二天中午,浩浩荡荡的,死党们都来了。我妈大盘小碗准备了一桌,他们风卷残云,倒也不客气。晚上,女儿回到家里,对我妈说:"姥姥,你明天去买几个大碗吧,我们同学说了,咱家的碗太小,他们不好意思总盛饭。"

于是我妈赶紧买了几个大碗回来。改天,死党们又上门了。我妈搬出新买的大碗给他们盛饭,女儿很满意。晚上再回来,我妈问我女儿,同学们对这新碗是否中意。女儿回答说:"他们说了,这碗,大倒是够大了,就是不够深,凑合吧!"

这哪能凑合? 于是我妈又上街淘了几个小盆子似的大碗回来,这才皆大欢喜。

那些年,我女儿,就是我妈的世界。

1998年前后,我母亲安装了第一个心脏支架。身为医生的她,谨遵医嘱,一步也不逾矩。从那时候开始,我家餐桌上,就不见了竹叶青的踪影。母亲极其自律,平日里滴酒不沾,逢年过节,在我们的一再怂恿下,会偶尔喝一点干红葡萄酒。我们的说词是,干红葡萄酒有利于心脏。

假如,偶然在外面和别人聚会,母亲总是坚辞任何人的劝酒,她只有一句话告诉人家,"戒了"。

但是,十年后,在我母亲八十寿诞的家宴上,她却喝得酩酊大醉。那时,她已罹患阿尔兹海默症两年,已经不能自由和流畅地表达自己的思想。那是在一个酒店的大包房,一家人,还有亲戚和朋友为她庆生。当然,最重要的一个人缺席了,就是我远在法国读书的女儿。母亲一杯接一杯地喝,连倒酒的服务员都感到了骇异。服务员说:"奶奶,您喝慢点,慢慢喝。"

我妈回答说:"没事,我有酒量,我有四两的量呢! 我就爱喝这竹叶青。"然后,又对我们说:"你姥姥就最爱喝竹叶青了,我和她一样。"

想必,服务员很困惑,她喝的明明是红酒,哪里有竹叶青? 竹叶青这种酒,母亲的挚爱,母亲的念想,早已退出了我们这个城市的酒桌。高端的酒宴上,它不够档次,就连寻常的聚会,也不知为什么看不到它的行踪。有些事情的退出,莫名其妙,至今我不懂,在我的城市,在竹叶青产地的省会之城,它为什么会从大大小小的酒宴上,销声匿迹?那碧绿的、芬芳的、江南春水般的美酒,为什么,没有了知音?

翻开从前的小说,老舍、郁达夫们的小说,20 世纪 30 年代的小说,竹叶青可谓无处不在,至少在北方,书中的人物,那些长衫飘飘的旧人,走进酒馆饭店,招呼酒保:"来二两竹叶青!"那是竹叶青的黄金时代吧!有那么多的知己。"三杯竹叶穿肠过,两朵桃花脸上来",多么性感!多么知恩图报!

那一天,我没有劝阻我悲伤的母亲,我知道她悲伤,她的悲伤是那么混沌而强大。我突然很后悔,为什么没有在超市里买两瓶竹叶青带到酒桌上来呢?我竟然忘记了母亲的最爱。我以为,罹患失智症的妈妈自己也忘记了这一点,几年时间,她忘记了太多太多的事情。她去自己工作了一辈子的医院,却忘记了去她科室的路怎么走;一家人坐在车上,她悄悄问我:"那个,坐在你弟弟旁边的小女孩,她是谁啊?"我永远记得这可怕的一刻,那是我知道了母亲"出了问题"的第一瞬间——她竟然忘记了我弟弟唯一的孩子,她的小孙女!恐怖就这样突如其来地袭击了我,从那天开始,一直到很久、很久,我一直在抗拒这件事,抗拒母亲"生病"这件事。我拒绝承认它,我用"拒绝"折磨着自己,更折磨着母亲。

那时,每天晚饭后,母亲就守着一台电视机,只看一个频道:

央视戏曲频道。但不知从何时起再也听不到她的哼唱。她的沉默压迫着我，忍不住，我会问她："《二进宫》是出什么戏？讲的什么故事？你唱两句给我听？"

她摇摇头，说："我不知道。"

"你怎么会不知道？你说过啊，我姥姥最喜欢《二进宫》了，她喝了酒，总唱它呀！"

她惶惑，说："我、我不记得了。"

"你怎么会不记得？你想想，你再好好想想？你是不去想，懒得想，你不是想不起来！"

"我不知道——"

"你知道！"我忍不住自己的悲愤和焦虑，冲着母亲叫起来，"你除了'不知道'，还会说别的吗？……"

"我、我……"母亲语无伦次，突然失控了，把手里的遥控器，朝地上狠狠一摔，对我吼道，"我是傻子，我是笨蛋，行了吧？"

其实，直到今天，我也不清楚，母亲她是否恐惧遗忘。没有一个阿尔兹海默症的患者，能向世人描述他们内心的感觉。我们只能凭借我们的经验和想象揣测那是什么样的一个深渊。有一个时期，母亲出行，无论是乘坐公共交通还是在我们自己的车里，总是目不转睛地望着车窗外，嘴里念念有词：中国人民银行、并东包子铺、龙城国际饭店、郝刚刚羊杂店、二小饭店、格力空调、禁止吸烟、通往三号航站楼、清洁卫生靠大家……她大声地、生硬而吃力地念出她所能捕捉到的那些信息,那些招牌、路标、广告,不厌其烦,无比执拗,走一路,念一路,就像一个刚刚识字的小学生,像一个旁若无人的顽童。这种时候,我会愤怒,我不相信我的母亲会不堪至此,我甚至相信她是在任性地放纵自己……直到后来,直到有一天她最终忘却了所有的词语,忘却了说话的能力,我才突然醒悟,原来,那时候,她是在拼命地打捞着这个活色生香的、珍贵的、难以割舍的世界最后的凌乱映像,她知道自己终将沉入没有记忆的、黑暗如坟墓般的无边长夜。

　　那一天,在母亲八十寿诞的庆生宴上,我没有劝阻母亲悲伤的狂饮,是因为,我放弃了,绝望了。我绝望地放弃了争夺,我没有了力气,我打不过那个强大的对手。那是我真正缴械的开始。我说:"让她喝吧。"那一天的结局,是母亲大醉。她从椅子上滑落在地毯,失去了意识。我们差点打了 120 急救电话,但很快发现,她只不过是睡着了。几个人轻轻把她抬到了沙发上,然后,静静地坐在那里,等她睡醒。服务员细心地调暗了房间里的灯光,幽暗暧昧的灯光,照着一桌残席和熟睡的母亲,一瞬之间,我闪过一个罪恶的念头:或许,这是她的心愿吧? 不再醒来……

　　假如,事情真的结束在那一刻,会多么幸福。

　　两年后,她彻底倒下了。起因是一场肺部感染,吸入性肺炎,高烧不退。那时,阿尔兹海默症已经使她吞咽变得十分困难,不断被食物呛到,这是她肺炎的起源。签了病危通知书,甚至,我女儿在北京瑞蚨祥给姥姥买了全套的寿衣,但是,我妈妈,她奇迹般地,挺过来了。

只是,她不再会说话,不再会行走,不再会吞咽。病中抢救时所下的胃管、尿管,从此成了她身体的一部分,与她共存。家里,我们给她配齐了全套的设施:可以任意变换体位的病床,电动的防褥疮垫,紫外线灯,家用吸氧机、吸痰器……我的表妹,是全科医生,亦是我母亲的同事,她定期请他们医院的护士、医生,上门巡诊,给她换胃管、尿管,再加上护理的亲戚十分、十分精心,鼻饲的那些食物,营养丰富,搭配合理,一年、一年、一年,我母亲,在自己的家里,挺过了四个年头。

母亲倒下后,父亲变得格外依恋母亲。父亲常常坐在母亲的床前,抚摸她的脸,叫她"宝贝儿",和她说许多许多的话。父亲一会儿清楚一会儿糊涂,有人上门探望母亲,他对人家说:"她很好,她昨天去上班,回来得晚了,现在还没起床。"我们回家,他对我们说:"你妈很好,什么事也没有,昨天我俩还去公园转了一圈儿呢!"我父亲,是最后一个,拒不承认我母亲生病的人。他长时间地坐在我母亲床边,自问自答,陷入幻觉,觉得那是我母亲在和他对话。他只相信自己愿意相信的——这个他依赖了、支撑了他一辈子的人,他拒绝她倒下,那是他无比恐惧的事。

常常,半夜里,他突然惊醒,大声叫起看护的家人,惊恐地说:

"这是在哪儿？这是哪里？你们把我弄到哪儿去了？"

家人告诉他，这就是家，不是任何别的地方。

"爷爷，你看，你过来看，奶奶在这里呢，不是家是哪儿？"

于是，开了灯，扶着他，一步一步，挪到母亲的房间，挪到母亲的床边，父亲俯下身，摸摸熟睡的母亲的脸，说："吓死我了，宝贝儿，你别走啊，你哪儿也不要去……"

看护他们的亲戚感慨地说："奶奶是在为爷爷活。"

这句话，让我心疼如割。

曾经，我母亲，在尚还年轻的时候，这样说过，"我愿意得心脏病，心脏病死得痛快。"又说，"千万别得脑梗、脑溢血什么的啊！"还说，"你们记住啊，我死后，我要把我的眼角膜捐献出来。"那时，她总是能这样很潇洒很轻易地谈论死亡，她不止一次这样说，"我要把我的骨灰撒到大海里。我喜欢海。"那时，死，是浪漫的。而我现实主义的母亲，也只有在谈到"死"这个话题时，让我能感受到一点她内心的诗意。

如今，我的母亲，在倒下的第五个年头，又一次严重肺部感染，被送进了医院的重症监护室。这一次，被迫切开了气管，上了呼吸机。本来，不再做任何有创治疗，已是我们所有后辈的决定，但面对着她喘不过气来的那种极度痛苦，我们被迫妥协。现在，我母亲，在医院里，又已经度过了十六个月。她被各种器械所包围，身上，是数不清的管子：气管、胃管、尿管……吸痰器每一次开动,就是一次酷刑,她全身抽搐如同被电击。可是她仍旧艰苦卓绝地、坚韧地、备受折磨毫无尊严地,活着,撑着,原来,原来——是为了我的父亲。

九十岁的父亲,已经不能行动。他已经不能像以前那样,走到母亲的病榻旁。他问家人:"奶奶呢? 奶奶在哪里?"家人告诉他:"奶奶去她们医院了。""哦——"父亲恍然大悟般地说道,"她去上班了。"

他仍然坚忍不拔磐石般地相信着,他愿意相信的事情。

他的妻子,他的爱人,一辈子,为他担惊受怕,为他"右派"和各种黑色身份备受牵累,同时也是他的依靠,为他遮风挡雨的那个人,仍旧,完好地,活着。

他也为她而活。

去 ICU 探望母亲,有规定的时间。身边,总是免不了各种干扰。没有机会,真正地和母亲独处。

她不会说,不会动,不会吞咽,全身上下,能动的,只有眼睛。但她有表情。我看得出来,尽管医生说那并非她的自觉意识。

我进去,站在她床边,喊她。她不睁眼睛。但她的表情很愤怒。她在生气。

我知道。

但我无奈。

母亲倒下的第二年，我的丈夫，在北京突发状况，身患罕见重疾，从此，我羁留在了北京。几年间，往返于协和医院和京郊的家之间，因为，他的病，除了协和医院，没有一个地方能治。

偶尔，才能回去一下，探望母亲。她愤怒，因为我不能常在她身边。

她愤怒，被一群陌生的病人，还有一堆冰冷的机器所包围。生命怎么会沦落至此？

今年元宵节，我匆匆回家，去医院探望她。那天，她的病房里，意外地安静，另外两张病床上，都没有抢救的病人。房间寂然无声，护士也一个不在。只有我，还有闭着眼睛的我妈。冬日的阳光，透过玻璃窗，静静洒在她身上。她的脸很安详，没有愤怒，没有痛苦，没有挣扎，好像睡着了一般。那才是我熟悉的母亲，久违的母亲。我搬个凳子，轻轻地，坐下来，然后，我把脸，埋在了她盖着洁白被单的身上。

许久。许久。

那是几年来，我和我母亲，距离最近的时刻。血肉交融。

多年前，曾经有过一次奇妙的体验，那是在五台山一座宏大的寺院里，一个女子佛学院的经堂内。那天，我们一群人去寺院参观。几十个，也许上百个，也许更多一些的女比丘尼，正在唱经。我被那唱经的声音震慑了。那声音，女性的声音，一开口，如此干净、清澈、晴朗、明亮，没有一丝杂质，如同来自天外的仙音。

我站住了，不知不觉，双手合十，闭上了双眼。那声音，那仙音，云朵一般，慢慢、慢慢托起了我，有一会儿工夫我似乎失去了意识，只觉得自己很轻很轻，渐渐地，与那天外的、纯净庄严的声音融为一体……我不知道这一刻有多久，我屏息而立，泪流满面。"灵魂出窍"，原来并非一个形容词，那天，在这至善至美的仙音引导下，我第一次看见了我的灵魂，我看见它为这幸福的奇遇，喜极而泣。

此刻，也是。我们彼此，我和母亲，在这囚笼般的病室，我们摆脱了狰狞的摧残、折磨和肮脏的血污，在劫后余生的巨大宁静中，相遇，哪怕只是片刻。

时间，请为我停留一下……

护士进来了，说，时间到了。

我和母亲告别，我需要一个告别的仪式。

我在心里，对我母亲说："妈，我给你唱两句京剧吧，你听啊！"

然后，我唱了，在心里，无声地、默默地唱了起来，是我母亲喜欢的《霸王别姬》："看大王，在帐中，合衣睡稳，我这里，出帐外，且散愁情……"

我转身，走出去，泪如泉涌。

我相信母亲听见了，在这一点上，我是我爸的女儿。

三　余韵

20世纪80年代初叶,姥爷去世后,我舅舅来山西探亲,带来一大包东西,是姥爷的遗物。打开看,一大摞笔记本,二三十本的样子,黑色硬皮的封面,整整齐齐。舅舅说,这是姥爷的一部书稿。

他说,姥爷这十多年来,也许,更久以来,一直在做这一件事情,一直在写这本书。这书稿,是姥爷的后半生。

我极惊讶。

小心翼翼翻开,一看,如同天书一般。后来我才知道,原来这是一本有关音韵学的著作。更确切地说,是对一本古代"切韵"书籍的研究、诠释与批注。

极漂亮的钢笔字。我不知道那是什么字体,漂亮、端方而苍劲。看久了,就觉得,有苍凉和苍茫之气,从那纸页上,从那字的墨渍和间架结构中,扑面而来,像北方长河之上的大风,吹得我眼睛发酸。

这书稿,真重。

我终于想起了,姥爷,曾经是黄侃先生的弟子。

四　结尾几句话

此文,写给我亲爱的外孙女如意。等她长大了,我一定不在了。或许她还没长大,我的记忆已经如同我母亲一样死亡了。我想让她知道一点从前的事情,让她知道一点我们这个小小家族的过往,让她知道,她来自何方。仅此而已。

因为,我确信,她的母亲,不会告诉她这一切。她的母亲不很关心这些。也许,有一天,她母亲想知道些什么了,可是,那时候已经没有人能再告诉她。所以,也算我替她母亲做份备忘。

我的如意,我想请你替姥姥记住些什么。当然,你也可以选择忘却,假如这让你更幸福的话。

一切,在你。

2018 年 4 月 12 日于京郊如意小庐

"小说家的散文"丛书

《出入山河》 　　　　　李　锐　著

《青梅》 　　　　　蒋　韵　著

（以出版先后排序）

图书在版编目（CIP）数据

青梅 / 蒋韵著. —郑州：河南文艺出版社，2019.10
（小说家的散文）
ISBN 978-7-5559-0862-3

Ⅰ.①青…　Ⅱ.①蒋…　Ⅲ.①散文集-中国-当代　Ⅳ.①
I267

中国版本图书馆 CIP 数据核字（2019）第 167954 号

选题策划　陈　静
责任编辑　陈　静
书籍设计　刘婉君
责任校对　赵红宙
责任印制　陈少强

出版发行　河南文艺出版社
本社地址　郑州市郑东新区祥盛街 27 号 C 座 5 楼
邮政编码　450018
承印单位　河南瑞之光印刷股份有限公司
经销单位　新华书店
开　　本　787 毫米×1092 毫米　1/32
印　　张　9.5
字　　数　184 000
版　　次　2019 年 10 月第 1 版
印　　次　2019 年 10 月第 1 次印刷
定　　价　38.00 元